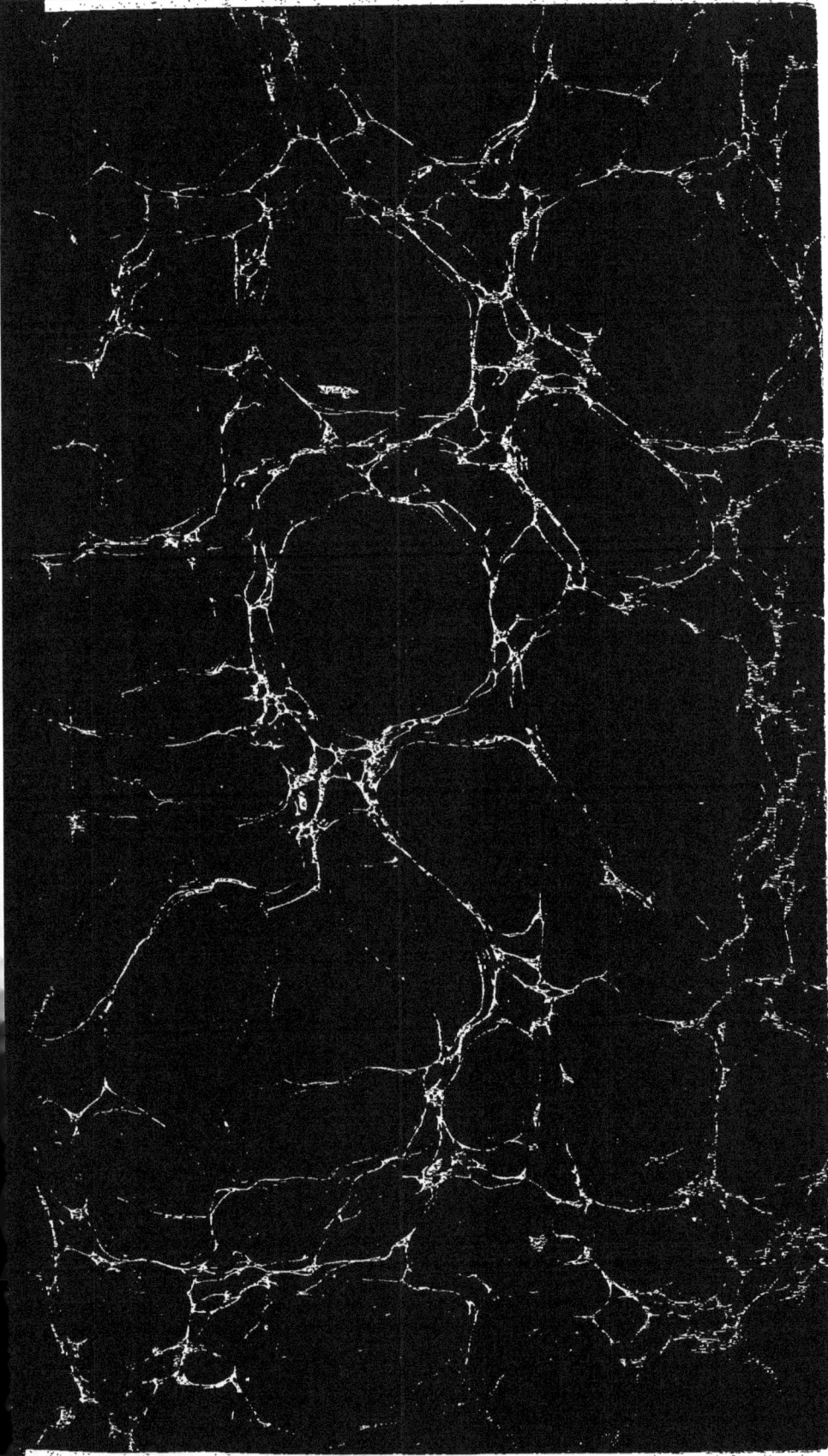

3513

LES CRIMES

DE

L'AMOUR.

Réserve

LES CRIMES

DE

L'AMOUR,

NOUVELLES HÉROÏQUES ET TRAGIQUES;

Précédés d'une IDÉE SUR LES ROMANS,
et ornés de gravures.

PAR .DA. F. SADE, auteur d'Aline et Valcour.

J'ouvre sous tes yeux le livre de la nature, j'en
parcours devant toi les pages les plus étonnantes, je
cherche à intéresser tes sens, à captiver ton oreille
pour introduire la vérité dans ton cœur.

Nuits D'YOUNG.

TOME III.

A PARIS.

CHEZ MASSÉ, Éditeur propriétaire, rue Helvétius
n°. 580.

AN VIII.

RODRIGUE,

OU

LA TOUR ENCHANTÉE,

CONTE ALLÉGORIQUE.

RODRIGUE, roi d'Espagne, le plus savant de tous les princes dans l'art de varier ses plaisirs, le moins scrupuleux dans la façon de se les procurer, et regardant le trône comme un des moyens les plus sûrs à lui en promettre l'impunité, osa tout pour y parvenir; et n'ayant pour atteindre ce but que la tête d'un enfant à faire tomber, il la proscrivit sans remords; mais Anagilde, mère du malheureux Sanche, dont il s'agissait, et dont Rodrigue, oncle et tuteur, voulait aussi devenir le bourreau, fut assez heureuse pour démêler la conjuration

Tome III.   A projettée contre son fils, et assez adroite pour la prévenir; elle passe en Afrique, elle offre aux Mores l'héritier légitime du trône d'Espagne, leur apprend le dessein du crime qui l'en précipite, implore leur protection, et meurt avec ce malheureux enfant au moment où elle allait l'obtenir.

Rodrigue entièrement dégagé de tout ce qui peut nuire à sa félicité, Rodrigue, Roi, ne s'occupe plus que de ses jouissances; il imagine, pour multiplier les objets qui doivent les irriter, d'attirer à sa cour les filles de tous ses vassaux. Le prétexte de s'assurer d'eux, par des ôtages, est celui qu'il donne pour voiler ses coupables projets. Résiste-t-on? redemande-t-on ses enfans? Bientôt coupable de crimes d'état, il fait payer cette rebellion de sa tête, et sous ce règne cruel, entre la lâcheté et la perfidie il n'y a pas de milieu à prendre.

Dans le nombre des jeunes personnes qui par ce moyen embellissaient la cour corrompue de ce prince, Florinde, âgée d'environ seize ans, se distinguait parmi

ses compagnes, comme la rose au milieu
des fleurs. Elle était fille du comte Ju-
lien, que Rodrigue venait d'employer
en Afrique pour s'opposer aux négociations d'Anagilde; mais la mort de dom
Sanche et de sa mère, rendant les opé-
rations du comte inutiles, il aurait pu
revenir sans doute, et cela aurait eu
lieu sans la beauté de Florinde; Rodrigue n'eut pas plutôt apperçu cette
créature enchanteresse, qu'il sentit que
le retour du comte allait mettre obstacle à ses desirs; il lui écrivit de rester
en Afrique, et pressé de jouir d'un bien
que semblait lui assurer cette absence,
indifférent sur les moyens de l'obtenir,
il fit un jour conduire Florinde dans
l'intérieur de son palais, et là, plus em-
pressé de cueillir des faveurs, que de s'en
rendre digne, Rodrigue heureux, ne
songe plus qu'à d'autres larcins.

S'il arrive à celui qui outrage d'oublier promptement ses injures, celui qui
vient d'en souffrir, jouit au moins du
droit de se les rappeller.

Florinde au désespoir, ne sachant

comment instruire son père de ce qui
vient de lui arriver, se sert d'une ingé-
nieuse allégorie que nous ont transmis
les historiens, elle écrit au comte : *que
la bague dont il lui a tant recommandé le soin, vient d'être rompue
par le roi lui-même ; que s'étant jeté
sur elle le poignard à la main, le
prince avait brisé ce bijou dont elle
déplorait la perte, et qu'elle sollici-
tait la vengeance ,* mais elle expire de
douleur avant la réponse.

Cependant le comte avait entendu sa
fille : il était repassé en Espagne, il avait
imploré ses vassaux. On lui avait promis
de le servir, et de retour en Afrique,
il intéresse les Mores à la même vengeance ; il leur dit qu'un roi capable
d'une telle horreur, est sûrement facile
à vaincre, il leur prouve la faiblesse de
l'Espagne, il leur peint sa dépopulation,
la haine des sujets pour leur maître ;
il fait enfin valoir tous les moyens que
lui suggère son cœur vivement ulcéré,
et l'on ne balance pas à lui être utile.

L'empereur Muça qui régnait pour-

lors dans cette contrée de l'Afrique , fit
d'abord passer sourdement un petit corps
de troupes , afin de vérifier ce qu'annonçait le comte. Ces troupes se joignent
aux vassaux irrités de ce seigneur, elles
en reçoivent des secours et sont à l'instant fortifiées par d'autres corps dont
Muça croit devoir assurer les projets ;
insensiblement l'Espagne est remplie
d'Africains , et Rodrigue est encore
dans la sécurité. Que pourrait-il , d'ailleurs ? Point de soldats, pas une place
forte , toutes étaient démantelées , afin
d'ôter aux espagnols les asiles dont ils
eussent pu se prévaloir contre les vexations du prince ; pour comble de malheur, pas un denier dans les coffres.

Cependant le danger s'augmente, le
malheureux monarque est à la veille
d'être culbuté de son trône ; il se sou-
vient alors d'un monument antique, dans
le voisinage de Tolède, que l'on appel-
lait la *Tour-Enchantée* ; l'opinion com-
mune y supposait des trésors, le prince
y vole à dessein de les envahir, mais on
n'entrait point dans ce ténébreux réduit;

une porte de fer garnie de mille serrures en défend si bien le passage, que nul mortel encore ne put y pénétrer; sur le haut de cette porte redoutable, se lit en caractères grecs : *N'approche pas si tu crains la mort.* Rodrigue n'est point effrayé, il s'agissait pour lui de ses états, tout autre espoir de trouver des fonds lui était absolument enlevé; il fait briser les portes, et s'avance.

Au second degré, un épouvantable géant se présente à lui, et dirigeant la pointe de son glaive sur l'estomac de Rodrigue, « arrête, lui crie-t-il; si tu » veux voir ces lieux, viens-y seul; qui » que ce soit ne t'y suivra... » Que m'importe, dit Rodrigue, en avançant et laissant sa suite; il me faut des secours ou la mort.... Tu trouveras peut-être tous les deux, répond le spectre, et la porte se ferme avec fracas. Le roi poursuit, sans que le géant qui le précède lui adresse une seule parole. Au bout de plus de huit cents marches, ils arrivent enfin dans une grande salle éclairée par un nombre infini de flambeaux. Tous les

malheureux sacrifiés par Rodrigue se
trouvaient réunis dans celle salle ; là,
chacun subissait le supplice auquel il
avait été condamné. Reconnais-tu ces
infortunés, dit le géant ? voilà comme les
crimes des despotes devraient quelquefois s'offrir à leurs regards ; les seconds
leur font oublier les premiers ; ils n'en
voyent jamais qu'un à-la-fois.... ainsi
présentés tous ensemble, peut-être les
feraient-ils frémir ; considère les ruisseaux de sang répandus par ta main,
seulement pour servir tes passions ;
d'un mot, je peux rendre tous ces malheureux libres, d'un mot, je peux te
livrer à eux. Fais ce que tu voudras, dit
le fier Rodrigue ; je ne suis pas venu si
loin pour trembler. Suis-moi donc, continue le géant, puisque ton courage égale
tes forfaits. Rodrigue passe de là dans
une seconde salle, où son conducteur
lui fait voir toutes les jeunes filles qu'a-
vaient deshonorées ses lâches plaisirs ; les
unes s'arrachaient les cheveux, d'autres
cherchaient à se poignarder, quelques-
unes s'étant déjà donné la mort, na-

geaiènt dans les flots de leur sang. Du
sein de ces infortunées, le monarque
voit s'élever Florinde, telle qu'elle était
le jour qu'il en abusa.... « Rodrigue, lui
» crie-t-elle, tes crimes épouvantables ont
» attiré les ennemis dans ton royaume;
» mon père me venge, mais il ne me
» rend ni l'honneur ni la vie; j'ai perdu
» l'un et l'autre; toi seule en es la cause;
» tu me retrouveras encore une fois,
» Rodrigue, mais redoute ce fatal ins-
» tant, il sera le dernier de ta vie; c'est
» à moi seule qu'est réservée la gloire de
» venger toutes les malheureuses que tu
» vois ». Le fier espagnol tourne la tête,
et passe avec son guide dans une troisième salle.

Au milieu de cette pièce était une statue énorme, qui représentait le Temps;
elle était armée d'une massue, et frap-
pait la terre de minutes en minutes,
avec un bruit si épouvantable, que toute
la tour en était ébranlée. « Misérable
» prince, s'écria cette statue, ton mau-
» vais destin t'amène dans ces lieux; ap-
» prends-y du moins la vérité, sache

» que tu seras bientôt dépossédé par des
» nations étrangères, afin que tu sois
» châtié de tes crimes ».

A l'instant la scène change, les voûtes
disparaissent; Rodrigue les franchit; une
puissance aérienne, qu'il n'apperçoit
point, le transporte à côté de son guide,
sur le haut des tours de Tolède. Vois ton
sort, lui dit le géant; le prince jetant
aussi-tôt les yeux sur la campagne, apperçoit les Mores aux prises avec ses
peuples, et ceux-ci tellement défaits,
qu'à peine voit-on des fuyards. Que dé-
cides-tu après ce spectacle, demande le
géant au roi?... Je veux retourner dans
la tour, dit le fier Rodrigue; je veux y
enlever les trésors qu'elle renferme, et
revenir tenter la fortune, dont cette
vision ne me fait point craindre les
revers. J'y consens, dit le spectre;
réfléchis-y pourtant, il te reste de fu-
rieuses épreuves, et tu ne m'auras plus
pour t'enhardir. J'entreprendrai tout, dit
Rodrigue. Soit, répondit le géant, mais
souviens-toi qu'en triomphant même de
tout.... qu'en emportant les trésors que

tu cherches, la victoire ne t'est point encore assurée. Qu'importe, dit Rodrigue, elle l'est bien moins, si je ne peux mettre une armée sur pied, et si je suis attaqué sans pouvoir me défendre. Il dit, et dans un clin-d'œil, il se retrouve avec son guide au fond de la tour, dans la même salle où était la statue du Temps.

Je t'abandonne ici, dit le spectre, en disparaissant; demande à cette statue où est le trésor que tu cherches, elle te l'indiquera. Où faut-il que j'aille, demanda Rodrigue ? Dans le lieu d'où tu es sorti pour le malheur des hommes, répond la statue. — Je ne t'entends point, parle plus clairement. — Il faut que tu ailles dans les enfers. — Ouvre-les, je m'y précipite.... La terre tremble et se fend; Rodrigue est précipité, comme malgré lui, à plus de dix mille toises de la surface du sol. Il se relève, il ouvre les yeux, et se trouve sur les bords d'un lac enflammé, où dans des barques de fer se promènent des créatures effroyables. Veux-tu traverser le fleuve, lui crie un de ces monstres. Le dois-je, demande

Rodrigue? — Oui, si c'est le trésor que tu cherches ; il est à seize mille lieues d'ici, au-delà des déserts du Ténare. Et où suis-je, demanda le roi? — Sur les bords du fleuve *Agraformikubos*, l'un des dix-huit mille de l'Enfer. Passe-moi donc, s'écria Rodrigue. Une voile s'avance, Rodrigue y saute, et cette barque brûlante, sur laquelle il ne peut poser les pieds sans des convulsions de douleurs, le transporte en un instant à l'autre bord ; là, toujours une nuit obscure ; jamais ces affreuses contrées n'avaient reçues les faveurs de l'astre bienfaisant. Rodrigue instruit de la route qu'il doit tenir, par le nocher qui le débarque, s'avance sur des sables brûlans, dans des sentiers bordés de haies toujours enflammées, d'où s'élançaient de temps en temps des animaux épouvantables, et dont on n'a point d'idée sur la terre ; peu-à-peu le terrein se rétrécit, il ne voit plus devant lui qu'une barre de fer qui sert de pont pour gagner à plus de deux-cents pieds de là l'autre partie du terrein, séparée de celle où il était par

A 6

des ravins de six cents toises de profon-
deurs, au fond desquels coulaient diverses branches du fleuve de feu, dont il
paraissait qu'était là la source. Rodrigue
considère un instant cet effrayant passage, il voit quelle est sa mort, s'il vient
à se précipiter ; rien ne peut assurer sa
marche, rien ne s'offre pour le retenir.
Après les dangers que j'ai déjà franchis,
pense-t-il, je serais bien lâche de n'oser
poursuivre.... avançons ; mais à peine
est-il à cent pas, que sa tête se trouble ;
au lieu de fermer les yeux sur les périls
qui l'environnent, il les contemple avec
effroi.... l'équilibre se perd, et le malheureux prince tombe dans les gouffres
qui sont à ses pieds.... Après quelques
minutes d'évanouissement, il se relève,
il ne conçoit pas comment il peut exister,
il lui paraît pourtant que sa chûte a été
si douce et si heureuse, quelle ne peut
être l'effet que d'une puissance magique.
Cela pourrait-il être autrement, puisqu'il
respire encore ? il reprend ses sens, et le
premier objet qui le frappe dans l'affreux
vallon où il se trouve transporté, est une

colonne de marbre noir, sur laquelle il
lit : « Courage, Rodrigue ; ta chûte était
» nécessaire ; le pont où tu viens de pas-
» ser, est l'emblême de la vie ; n'est-elle
» pas comme ce pont entourée de dan-
» gers? le vertueux arrive au but sans
» malheurs, les monstres comme toi suc-
» combent ; poursuis néanmoins, puisque
» ton courage t'y invite ; tu n'es plus qu'à
» quatorze mille lieues du trésor, fais-en
» sept mille au nord des Pleyades, et le
» le reste en face de Saturne ».

Rodrigue s'avance sur les bords du
fleuve de feu, qui serpentait de mille
manières différentes dans ce vallon ; un
de ces replis tortueux l'arrête enfin, et
nul moyen ne s'offre à lui pour le passer.
Un épouvantable lion se présente. .
Rodrigue le considère ; laisse-moi franchir ce fleuve sur tes reins, dit-il à l'a-
nimal ; à l'instant le monstre s'abaisse
aux pieds du monarque ; Rodrigue y
monte ; le lion se jette dans le fleuve, et
conduit le roi à l'autre bord ; je te rends
le bien pour le mal, dit le lion en le
quittant. Que veux-tu dire, demande

Rodrigue? Tu vois sous mon emblême le plus mortel de tes ennemis, répond le lion; tu m'as persécuté dans le monde, et je te rends service dans les enfers.... Rodrigue, si tu parviens à conserver tes états, souviens-toi qu'un souverain n'est digne de l'être, que quand il rend heureux tout ce qui l'entoure; c'est pour soulager les hommes, et non pas pour les faire servir d'instrumens à ses vices, que le ciel les élève au-dessus des autres; reçois cette leçon de bienfaisance d'un des animaux de la terre que l'on croit le plus féroce; sache qu'il l'est bien moins que toi, puisque la faim, le plus impérieux des besoins, est la seule cause de ses cruautés, tandis que les tiennes ne te furent inspirées que par les plus exécrables passions. Prince des animaux, dit Rodrigue, tes maximes plaisent à mon esprit, mais elles ne conviennent point à mon cœur; je suis né pour être le jouet de ces passions que tu me reproches, elles sont plus fortes que moi... elles m'entraînent; je ne puis vaincre la nature.—Tu périras donc.—C'est le sort de tous les hommes; pourquoi veux-tu qu'il m'effraie? — Mais sais-tu ce qui t'attend dans une autre vie? — Que m'importe? il est en moi de tout braver. — Avance donc; mais souviens-toi que ta fin est prochaine.

Rodrigue s'éloigne; bientôt il perd de vue les bords du fleuve de feu, il entre dans un sentier étroit, resserré entre des rochers aigus, dont les cimes touchent les nuages; à tout instant des quartiers immenses de ces roches, tombant à plomb dans le sentier, ou menaçaient la vie du prince, ou lui barraient le passage. Rodrigue affronte ces dangers, et parvient enfin dans une plaine immense où rien ne guide plus ses pas. Epuisé de fatigue, desséché par la soif et la faim, il se jette sur un monceau de sable. Tout fier qu'il est, il implore le géant qui l'avait descendu dans la tour; six crânes humains s'offrent à l'instant à lui, et un ruisseau de sang coule à ses pieds; « tyran, lui crie une voix inconnue, sans qu'il puisse distinguer de quelle créature elle émane, voilà ce qui assou-

vissait tes passions quand tu étais dans le
monde, use dans les enfers des mêmes
alimens pour tes besoins »; et Rodrigue,
l'orgueilleux Rodrigue, révolté sans être
ému, se lève et poursuit sa course; le
ruisseau de sang ne le quitte plus, il
s'élargit à mesure que le roi avance, et
paraît lui servir de guide dans ces déserts
affreux. Rodrigue ne tarde pas à voir
errer des ombres sur la surface de ce
ruisseau... il les reconnaît, ce sont celles
de ces infortunées qu'il avait vu en en-
trant dans la tour. « Ce fleuve est ton
» ouvrage, lui crie l'une d'entr'elles,
» Rodrigue, vois-nous flotter sur notre
» sang même... sur ce sang malheureux
» répandu par tes mains, pourquoi re-
» fuses-tu d'en boire, puisqu'il te ras-
» sasiait sur la terre? Es-tu donc plus
» délicat ici que sous les lambris dorés
» de ton palais? Ne te plains pas, Ro-
» drigue, le spectacle des crimes du ty-
» ran, est la punition que lui destine l'é-
» ternel ». D'énormes serpens s'élançaient
du sein de ce fleuve, et venaient ajouter
à l'horreur de ces ombres hideuses, vol-
tigeans sur sa surface.

Deux jours entiers Rodrigue cotoya
ces rives sanglantes, lorsqu'enfin éclairé
par un léger crépuscule, il apperçoit le
bout de la plaine ; un immense volcan
la bornait, il paraissait impossible de
passer outre. A mesure que Rodrigue
avance, il est entouré de ruisseaux de
laves, il voit des masses énormes, vo-
mies du crater, s'élancer au-delà des
nues, il n'est plus guidé que par les
flammes qui l'entourent... il est couvert
de cendres, à peine peut-il marcher.

Dans ce nouvel embarras, Rodrigue
appelle son spectre : « Franchis la mon-
» tagne, lui crie la même voix qui lui
» avait parlé auparavant, tu trouveras de
» l'autre côté des êtres auxquels tu
» pourras parler. Quelle entreprise ! cette
montagne brûlante d'où s'exhalent à chaque instant des rochers et des flammes,
paraît avoir plus de mille toises de haut,
tous les sentiers en étaient bordés de pré-
cipices, ou remplis par des laves ;
Rodrigue s'encourage, son œil mesure
le but, et sa fermeté le lui fait atteindre.
Tout ce que les poëtes nous ont peint de

l'Ethna , n'est rien, en comparaison des
horreurs qu'apperçoit Rodrigue. La bouche de ce gouffre épouvantable avait
trois lieues de circonférence. Rodrigue
voit pleuvoir sur sa tête des masses
énormes prêtes à l'anéantir; il se hâte
de franchir cet horrible foyer, et trouvant de l'autre part une pente assez
douce, il la redescend en hâte. Là des
troupeaux de bêtes inconnues et d'une
monstrueuse grandeur, entourent Rodrigue de toutes parts; que voulez-vous, demande l'espagnol, êtes-vous ici pour
me servir de guide, ou pour m'empêcher de passer outre ? Nous sommes les
emblêmes de tes passions, lui crie un léo-
pard énorme, elles t'assaillaient comme
nous, elles t'empêchaient comme nous
de voir le bout de ta carrière; dès que
tu n'a pu les vaincre, comment triom-
pherais-tu de nous ? c'est encore une de
tes passions qui te conduit dans ces
lieux infernaux où jamais mortel ne pé-
nétra ; suis-en donc l'empétuosité et vole
où la fortune t'appelle ; elle t'attend pour
t'y couronner ; mais tu trouveras d'autres

ennemis plus dangereux que nous, et
dont tu deviendras peut-être la victime;
avance Rodrigue, avance, les fleurs sont
sous tes pas, suis cette plaine, encore
six cents lieues, et tu verras ce qui est
au bout... Infortuné, s'écrie Rodrigue,
voilà bien le langage que ces cruelles
passions me tenaient dans le monde,
elles me flattaient, m'effrayaient tour-
à-tour, et j'écoutais leurs malheureuses
inspirations, sans jamais pouvoir les
comprendre.

Rodrigue avance, peu-à-peu le terrein s'abaisse, et le conduit insensiblement à l'entrée d'un souterrain à la porte
duquel il trouve une inscription qui lui
dit de pénétrer; mais à mesure qu'il s'y
introduit, le chemin se resserre, Rodrigue ne trouve plus qu'un passage d'un
pied de largeur, hérissé de pointes de
poignards, il en voit de suspendus sur sa
tête, il est pressé par toutes ces pointes,
à tout instant il se sent blessé, il est
inondé de son sang, son courage est
prêt à l'abandonner, quand une voix
consolatrice l'invite à poursuivre « Tu

» touches au moment de découvrir le
» trésor, lui crie cette voix, et la for-
» tune que tu tenteras avec lui, ne dé-
» pendra plus alors que de toi. Si l'aiguil-
» lon des remords t'eût pressé au milieu
» des flatteurs qui te corrompaient, s'il
» t'eût déchiré comme ces pointes qui
« te pénètrent maintenant, tes finances
» en règles, et tes trésors remplis, tu ne
» serais pas exposé aux maux que tu en-
» dures, pour en réparer les désordres...
» Avance, Rodrigue, qu'il ne soit pas
» dit que ta fierté t'abandonne, et que ton
» courage te trahisse, ce sont les seules
» vertus qui te restent ; mets-les en pra-
» tique, tu n'es pas loin du terme ».

Rodrigue apperçoit enfin un peu de
jour, insensiblement la route s'élargit,
les pointes disparaissent, et il est à l'em-
bouchure de la caverne, là s'offre un
torrent rapide sur lequel il lui devient
impossible de ne pas s'embarquer, puisqu'aucun autre chemin ne se présente.
Un léger canot se trouve prêt, Rodrigue
y monte. Un instant de calme vient
adoucir ses infortunes, le canal qu'il

parcourt est ombragé des arbres frui-
tiers les plus agréables; l'orange, le mus-
cat, la figue, la pêche, la noix de co-
cos, l'ananas, pendent indistinctement à
ses yeux, et lui présentent à l'envie, leur
fraîche nourriture; le monarque en pro-
fite, et jouit pendant ce tems des con-
certs délicieux de mille oiseaux divers
qui voltigent sur les branches de ces
arbres richement chargés. Mais comme
le peu de plaisirs qui lui étaient encore
réservés, devaient être mêlés de peines
cruelles, et qu'il ne lui arrivait nulle
chose qui ne fût l'image de sa vie, rien
ne pouvait exprimer la vîtesse de la barque qui lui faisait parcourir ces bords
divins. Plus elle avançait et plus sa rapidité s'augmentait. Bientôt des cata-
ractes d'une hauteur prodigieuse se mon-
trent à Rodrigue, il reconnaît la cause de
la rapidité de sa marche; il voit, que
frêle jouet du torrent qui l'entraîne, il
va tomber dans le plus effrayant abîme;
à peine a-t-il le tems de la réflexion,
que sa barque emportée à plus de cinq-
cents toises de profondeur, se trouve

engloutie dans une vallée déserte où jail-
lissaient avec fracas les eaux qui venaient
de le soutenir. Là se fait entendre à lui,
cette même voix qui lui parlait de tems
en tems. « O Rodrigue ! s'écrie-t-elle, tu
» viens de voir l'image de tes plaisirs
» passés, ils naissaient devant toi comme
» ces fruits qui t'ont un instant désal-
» térés, où ces plaisirs t'ont-ils conduit ?
» roi superbe, tu le vois, tu t'es préci-
» pité comme cette barque dans un
» abîme de douleurs, dont tu ne sorti-
» ras que pour y rentrer bientôt; suis
» maintenant la route ténébreuse res-
» serrée par ces deux montagnes dont
» la cime se perd dans les nues; au bout
» du défilé, après avoir fait deux mille
» lieues, tu trouveras ce que tu desires».

O juste ciel ! dit Rodrigue, passerai-je
donc ma vie dans cette cruelle recherche!
il lui semblait qu'il y avait plus de deux
ans qu'il voyagait ainsi dans les entrailles
de la terre; quoique depuis son entrée
dans la tour, il n'y eût pas encore une
semaine. Cependant le ciel qu'il avait
continué de voir depuis sa sortie du sou-

terrain, se couvre insensiblement des voiles les plus obscures, d'affreux éclairs sillonent la nue, la foudre gronde, ses éclats retentissent dans les montagnes élevées qui dominent la route que suit le roi; on dirait que les élémens sont prêts à se confondre; à tout moment le feu du ciel frappant les roches d'alentour, en détache des quartiers immenses, qui roulant aux pieds de notre malheureux voyageur, lui offrent sans cesse de nouvelles barrières; une grêle épouvantable se joint à ces désastres, et vient tellement l'assaillir, qu'il est contraint de s'arrêter; mille spectres, plus effrayans les uns que les autres, descendent alors des nues enflammées, pour voltiger autour de lui, et chacune de ces ombres offre encore au malheureux Rodrigue l'image de ses victimes. « Tu nous verras » sous mille formes diverses, s'écrie l'une » d'entr'elles, et nous viendrons déchirer » ton cœur, jusqu'à ce qu'il soit devenu » la proie des furies qui t'attendent pour » nous venger de tes forfaits ». Cependant l'orage redouble, des tourbillons

de feu s'élancent à tout instant du ciel,
pendant que l'horison est coupé transver-
salement par des éclairs qui se brisent et
se croisent en tous les sens; la terre même
enfante de toutes parts des trombes de
feu, qui s'élevant en l'air, retombent en
pluies brûlantes, de plus de deux mille
toises; jamais la nature en courroux ne
présenta de plus belles horreurs.

Rodrigue, la tête à couvert sous une
roche, invective le ciel, sans le prier,
ni se repentir. Il se lève, il regarde autour de lui, il frémit des désordres qui
l'entourent, et n'y trouve qu'un nouveau sujet de blasphême. Etre incon-
séquent et cruel, s'écrie-t-il, en fixant
les cieux, pourquoi nous blâmes-tu,
quand l'exemple du trouble et du
désastre nous est donné par ta main
même? Mais ou suis-je, continue-t-il,
en n'appercevant plus de chemin, et
que vais-je devenir au milieu de ces
ruines? « Vois cet aigle accroupi sur la
» roche qui te servait d'asyle, lui crie la
» voix qu'il est accoutumé d'entendre;
» aborde-le, assis-toi sur ses reins, il
t'emportera

» te portera d'un vol rapide où tes pas se
» dirigent depuis si long-temps ». Le monarque obéit, dans trois minutes il est au
haut des airs. « Rodrigue, lui dit alors le
» fier oiseau qui le porte, regarde si ton
» orgueil était juste.... voilà toute la terre
» à tes pieds; observe le chétif coin du
» globe où tu dominais, devait-il te rendre
» orgueilleux de ton rang et de ta puis-
» sance? vois ce que doivent être aux
» yeux de l'Eternel ces frêles potentats
» qui se disputent le monde, et souviens-
» toi que ce n'est qu'à lui qu'il appartient
» d'exiger les hommages des hommes ».

Rodrigue s'élevant toujours, distingue
enfin quelques-unes des planètes dont
l'espace est rempli; il reconnaît que la
Lune, Vénus, Mercure, Mars, Saturne et
Jupiter, auprès desquels il passe, sont
des mondes comme la terre. Sublime
oiseau, s'écrie-t-il, ces mondes sont-ils
habités comme le nôtre? Ils le sont par
des êtres meilleurs, répond l'aigle; mo-
dérés dans leurs passions, ils ne se déchirent point entre eux pour les assouvir;
on n'y voit que des peuples heureux, et

Tome III.   B

l'on n'y connaît point de tyrans. — Et
qui donc gouverne ces peuples ? — Leurs
vertus : il ne faut ni loix, ni souverains,
à qui ne connaît point les vices. — Les
peuples de ces mondes sont-ils plus chéris de l'Eternel ? — Tout est égal aux yeux
de Dieu ; cette multitude de monde ré-
pandue dans l'espace, que produisit un
seul acte de sa bienfaisance , qu'un second acte peut détruire, n'augmente ni
sa gloire ni sa félicité ; mais si la conduite
de ceux qui les habitent lui est indifférente, en est-il moins nécessaire d'être
juste ; et la récompense de l'honnête
homme, n'est-elle pas toujours dans son
cœur ?

Peu-à-peu nos voyageurs s'appro-
chèrent du soleil, et sans la vertu magique dont le monarque était entouré,
il lui serait devenu impossible de soutenir les rayons qui le dardaient. Combien
ce globe lumineux me paraît plus grand
que les autres, dit Rodrigue ; donne-moi
donc, roi des airs, quelques éclaircissemens sur un astre , où tu vas planer
quand tu veux. Ce foyer sublime de lu-

mière, dit l'aigle, est à trente mille lieues de notre globe, et nous ne sommes plus qu'à un million de lieues de son orbite; vois comme nous nous sommes élevés en peu de temps; il est un million de fois plus gros que la terre, et ses rayons y arrivent en huit minutes (1). Cet astre, dont l'approche m'effraie, demanda le roi, a-t-il donc toujours sa même substance? est-il possible quelle soit toujours égale? Elle ne l'est point, reprit l'aigle; ce sont les comètes qui tombent de temps en temps dans sa sphère, qui servent à réparer ses forces. Explique-moi la méchanique céleste de tout ce qui frappe mes regards, continua Rodrigue; mes prêtres superstitieux et méchans ne m'ont appris que des fables, ils ne m'ont pas dit une vérité. — Et quelle vérité te

---

(1) Il faudrait vingt-cinq ans à un boulet de canon pour parcourir le même espace; mais tout cela est dans le système de Newton, qui, comme l'on sait, trouve bien des contra-dicteurs aujourd'hui; car il faut bien, si nous ne savons rien, avoir au moins l'air d'en savoir plus que ceux qui nous ont précédés.

diraient des fourbes qui ne subsistent
que par le mensonge? Ecoute-moi donc,
poursuivit l'aigle en volant. Le centre
commun vers lequel toutes les planètes
gravitent, est presqu'au milieu du soleil;
cet astre gravite vers les planètes; l'at-
traction que le soleil exerce sur elles, surpasse celles qu'elles exercent sur lui, autant de fois qu'il les surpasse en quantité
de matière; cet astre sublime change de
place à tout moment, à mesure qu'il est
plus ou moins attiré par les planètes, et
ce léger approchement du soleil rétablit
le dérangement que les planètes opèrent
les unes sur les autres. Ainsi donc, reprit
Rodrigue, le dérangement continuel de
cet astre entretient l'ordre dans la nature; voilà donc le désordre nécessaire
au maintien des choses célestes; si le
mal est utile dans le monde, pourquoi
veux-tu le réprimer? et qui assure que
de nos désordres journaliers, ne naît pas
l'ordre général? Faible monarque de la
plus petite portion de ces planètes, s'écria
l'aigle, il ne t'appartient pas de sonder
les vues de l'Eternel, encore moins de

justifier tes crimes par les loix incompré-
hensibles de la nature ; ce qui te paraît
désordre en elle, n'est peut-être qu'une
de ses manières d'arriver à l'ordre ; ne
tire de cette probabilité nulle espèce
de conséquence en morale ; rien ne
prouve que ce qui te choque dans l'examen de la nature, soit véritablement du
désordre, et ton expérience te convainc
que les crimes de l'homme ne peuvent
opérer que le mal. — Et ces étoiles sont-
elles aussi habitées ? de combien leur
sphère augmente depuis que nous les
approchons ! — Ne doute pas que ce ne
soient des mondes, et quoique ces globes
lumineux se trouvent quatre cent mille
fois plus éloignés de la terre, que ne l'est
le Soleil, il se trouve encore des astres
au-dessus d'eux, qu'il nous est impossible d'appercevoir , qui sont peuplés
comme les étoiles, et comme toutes les
planètes que tu vois. Mais nous approchons du terme ; je ne m'élèverai plus,
dit l'aigle, en redescendant vers la terre ;
que tout ce que tu as vu, Rodrigue, te
donne une idée de la grandeur de l'Eter-

B 3

nel, et vois ce que tes crimes t'ont fait
perdre, puisqu'ils te privent à jamais de
l'approcher.... A ces mots l'aigle s'abat
sur la cîme d'une des plus hautes montagnes de l'Asie. Nous voilà à mille lieues
de l'endroit où je t'ai pris, dit le céleste
ami de Jupiter; descends tout seul cette
montagne, c'est à son pied qu'existe ce
que tu cherches, et il disparaît aussi-tôt.
Rodrigue descend en peu d'heures la
roche escarpée sur laquelle l'a déposé
l'aigle. Il trouve au bas de la montagne
une caverne fermée par une grille que
gardaient six géans, de plus de quinze
pieds de haut. Que viens-tu faire ici,
demanda l'un d'eux ? Emporter l'or qui
doit être dans cette caverne, dit Rodrigue.
Il faut, avant que tu y parviennes, nous
détruire tous les six, reprit le géant. Cette
victoire m'effraie peu, répond le roi; fais-
moi prêter des armes. Des écuyers re-
vêtent à l'instant Rodrigue. Le fier espagnol attaque vigoureusement le premier
qui se présente, quelques minutes lui
suffisent pour en triompher; un second
s'approche, il l'abat de même, et en moins

de deux heures, Rodrigue a vaincu tous
ses ennemis.

Tyran, lui crie l'organe qu'il entendait par fois, jouis de tes derniers lauriers, les succès qui t'attendent en Espagne ne seront pas aussi brillans que
ceux-ci; les destins du sort sont remplis,
les trésors de la caverne sont à toi, mais
ils ne serviront qu'à ta perte. — Eh quoi!
je n'aurai triomphé que pour être vaincu?
— Cesse de vouloir sonder l'éternel, ses
décrets sont immuables; ils sont incom-
préhensibles; sache seulement que les
prospérités inattendues, ne sont jamais
pour l'homme que les pronostics certains
de ses malheurs.

La caverne s'ouvre, Rodrigue y voit
des millions. Un léger sommeil s'empare de ses sens, et quand il se réveille
il se trouve à la porte de la tour enchantée, au milieu de toute sa cour, et de
quinze fourgons chargés d'or. Le monarque embrasse ses amis; il leur dit
qu'il est impossible à l'homme d'imaginer tout ce qu'il vient de voir; il leur
demande combien il y a de tems qu'il

B 4

est absent d'eux. Treize jours, lui répond-on. O juste ciel! dit le roi, il me semble qu'il y a plus de cinq ans que je voyage. En disant cela, il s'élance sur un andalous, et s'éloigne au galop pour regagner Tolède; mais à peine est-il à cent pas de la tour, qu'un coup de tonnerre se fait entendre ; Rodrigue se retourne; et voit ce monument antique emporté comme un trait dans les airs; le roi n'en vole pas moins vers son palais ; il était tems, toutes les provinces soulevées ouvraient déjà les portes de leurs villes aux mores. Rodrigue lève une armée formidable, marche à sa tête aux ennemis, les rencontre auprès de Cordoue, les attaque, et là, se livre un combat qui dura huit jours... combat le plus sanglant sans doute qui se fût jamais vu dans les deux Espagnes; vingt fois la victoire inconstante promet ses faveurs à Rodrigue, vingt fois elle les lui enlève cruellement. Sur la fin du dernier jour, au moment où Rodrigue ayant rassemblé toutes ses forces, va peut-être fixer sur lui les lauriers, un héros se présente,

il lui propose de se battre corps-à-corps.
Qui es-tu, lui demande fièrement le roi,
pour que je t'accorde cette faveur? Le
chef des Mores, répond le guerrier, je
suis las du sang que nous versons; épar-
gnons-le, Rodrigue, la vie des sujets
d'un empire doit-elle être sacrifiée aux
faibles intérêts de leurs maîtres? Que
les souverains se battent eux-mêmes,
quand des discussions les séparent, et
leurs querelles ne seront plus aussi
longues; prends du terrain, fier Espagnol, et viens mesurer ta lance à la
mienne; à celui des deux qui triom-
phera seront les fruits de la victoire...
y consens-tu? Je suis à toi, répond Rodrigue, j'aime bien mieux n'avoir à
vaincre qu'un pareil adversaire, que de
lutter plus long-tems contre ces flots in-
nombrables de peuples.—Je ne te parais
donc pas redoutable?—Je ne vis jamais
de plus faible ennemi.—Il est vrai que
tu m'as déjà vaincu, Rodrigue; mais tu
n'es plus au jour de tes triomphes, tu
ne languis plus au fond de ton palais
dans le sein de tes indignes voluptés,

tu ne verses plus le sang de tes sujets
pour les assouvir, tu ne ravis plus l'honneur de leurs filles... A ces mots les deux
guerriers prennent champ, les armées
ont les yeux sur eux... ils se rapprochent,
ils se heurtent avec impétuosité... ils se
portent des coups furieux; Rodrigue est
enfin abattu, son valeureux ennemi lui
fait mordre la poussière, et se jetant
aussi-tôt vers lui : reconnais ton vainqueur avant que d'expirer, Rodrigue,
dit le guerrier en relevant son casque.
Oh ciel! dit l'Espagnol. — Tu frémis
lâche, ne t'avais-je pas dit que tu re-
verrais Florinde au dernier instant de ta
vie ; le ciel outragé de tes crimes a permis que je sortisse du sein des morts
pour venir t'en châtier et terminer tes
jours; vois celle à qui tu as ravis l'honneur, flétrir ta gloire et tes lauriers; expire, ô trop malheureux prince! que ton
exemple apprenne aux rois de la terre,
que c'est à la vertu seule à consolider
leur puissance, et que celui qui abuse
de son autorité comme toi, trouve tôt ou

tard dans la justice du ciel, la punition de ses forfaits.

Les Espagnols fuyent, les Mores s'emparent de toutes les places, et telle est l'époque qui les rendit maîtres de l'Espagne, jusqu'à ce qu'une révolution nouvelle, causée par un crime semblable, vînt les en chasser pour jamais.

LAURENCE

ET

ANTONIO,

NOUVELLE ITALIENNE.

Les malheurs de la bataille de Pavie, le caractère atroce et fourbe de Ferdinand, la supériorité de Charles-Quint, le crédit singulier de ces fameux marchands de laine, prêts à partager le trône Français, et déjà sur celui de l'église (1). La situation de Florence assise au centre de l'Italie et paraissant faite pour la dominer; la réunion de toutes ces causes, en faisant desirer le sceptre de cette capitale, ne semblait-elle pas le desti-

(1) C'est Léon X, de la maison de Médicis, dont il s'agit ici.

ner plus particulièrement, sans doute, à celui des princes de l'Europe, dont l'éclat était le plus brillant; Charles-Quint qui le sentait, et que ces vues devaient conduire, se comporta-t-il néanmoins comme il aurait dû, en préférant à dom Philippe, à qui ce trône était si nécessaire pour maintenir ces possessions en Italie, en lui préférant, dis-je, celle de ses bâtardes, qu'il maria à Alexandre de Médicis? et pouvant rendre son fils duc de Toscane, comment se contenta-t-il de ne donner qu'une princesse à cette belle province?

Mais ni ces évènemens, ni le crédit qu'il assurait aux Florentins ne parvinrent à éblouir les Strozzi; puissans rivaux de leur prince, rien ne leur fit perdre l'espoir de chasser tôt ou tard les Médicis d'un trône; dont ils se supposaient plus dignes, et où ils prétendaient depuis long-temps.

Nulle maison, en effet, ne tenait en Toscane un rang plus élevé que celle des Strozzi.... qu'une meilleure conduite eût bientôt rendu possesseurs de ce sceptre envié de Florence.

Ce fut lors du plus grand éclat de cette famille (1), lorsque tout prospérait autour d'elle, que Charles Strozzi, frère de celui qui soutenait la splendeur du nom, moins livré aux affaires du gouvernement qu'à ses fougueuses passions, profitait du crédit immense de sa famille pour les assouvir plus impunément.

Il est rare que les moyens de la grandeur, en flattant les desirs dans une âme mal née, ne deviennent bientôt ceux du crime; que n'entreprendra point le scélérat heureux qui se voit au-dessus des loix par sa naissance, qui méprise le Ciel par ses principes, et qui peut tout par ses richesses?

Charles Strozzi, l'un de ces hommes dangereux, à qui rien ne coûte pour se satisfaire, atteignait sa quarante-cinquième année, c'est-à-dire, l'âge où les forfaits n'étant plus la suite de l'impétuosité du sang, se raisonnent, se combinent avec plus d'art, et se commettent avec moins de remords. Il venait de

_____

(1) De 1528 à 1537.

perdre sa seconde femme, et l'on était
à-peu-près sûr dans Florence, que la première étant morte victime de la multitude des mauvais procédés de cet homme,
la seconde devait avoir eu le même sort.

Charles avait peu vécu avec cette
seconde épouse, mais il avait de la première un fils, pour - lors âgé de vingt
ans, dont les excellentes qualités dé-
dommageaient cette maison des travers
de son second chef, et consolaient Louis
Strozzi, l'aîné de la famille, celui qui
soutenait la guerre contre les Médicis,
et de n'avoir plus lui-même d'épouse et
de n'avoir jamais été père. Tout l'espoir
de cette illustre race n'existait donc que
dans le jeune Antonio, fils de Charles,
et neveu de Louis ; on le regardait gé-
néralement comme celui qui devait hériter des richesses, et de la gloire des
Strozzi, comme celui qui pouvait même
régner un jour dans Florence, si la fortune inconstante retirait ses faveurs aux
Médicis. On comprend aisément, d'après
cela, et combien cet enfant devait être

chéri, et quels soins on prenait de son éducation.

Rien n'égalait la manière heureuse dont Antonio répondait à ces vues ; vif, pénétrant, plein d'esprit et d'intelligence, n'ayant d'autres torts qu'un peu trop de candeur et de bonne-foi, heureux défaut des belles âmes, déjà très-instruit, d'une figure charmante, nullement corrompu par les mauvais exemples et les dangereux conseils de son père, brûlant du desir de s'immortaliser, enthousiaste de la gloire et de l'honneur ; humain, prudent, généreux, sensible, Antonio, comme on le voit, devait à bien des titres mériter l'estime générale ; et si quelque inquiétude naissait sur lui dans l'esprit de son oncle, c'était de voir un jeune homme aussi rempli de vertus, sous la conduite d'un tel père ; car, Louis, toujours dans les camps, Louis pénétré d'ambition, ne pouvant se charger qu'à peine de ce précieux enfant, l'avait laissé malgré tant de risques, s'élever dans la maison de Charles.

Qui le croirait ! le caractère méchant

et jaloux de ce mauvais pére, ne voyait
pas sans une sombre envie, tant de belles
qualités chez Antonio; et dans la crainte
d'en être éclipsé tôt ou tard, bien loin
de les encourager, il ne tâchait qu'à les
flétrir. Ces procédés n'eurent heureusement point de suite, l'excellent naturel
d'Antonio le mit à l'abri des séductions
de Charles; il sut distinguer les crimes
de son pére et les haïr, sans cesser d'aimer celui que ces vices souillaient; mais
sa trop grande confiance, le rendit néanmoins quelquefois dupe d'un homme,
qu'il devait à la fois chérir et mésesti-
mer; le cœur l'emporta souvent sur l'esprit, et voilà ce qui rend les mauvais conseils d'un pére si dangereux; ils sédui-
sent le cœur en domptant la raison, ils
s'emparent à la fois de toutes les qualités
de l'âme, et l'on est déjà corrompu,
croyant n'avoir fait qu'aimer ou qu'o-
béir.

« Mon fils, disait un jour Charles à
Antonio, le vrai bonheur n'est point où
l'on vous le dit; qu'attendez-vous de ce
vain éclat du parti des armes, où votre

oncle veut vous engager ? Cette considération acquise par la gloire, est comme
ces feux folets qui trompent le voyageur;
elle séduit l'imagination et n'apporte pas
une volupté de plus aux sens; vous êtes
assez riche, mon fils, pour vous passer
du trône, laissez aux Médicis le poids
fatiguant de l'empire; le second de l'é-
tat est toujours plus heureux que le premier, rarement les myrthes de l'amour
croissent aux pieds du laurier de Mars.
Ah! mon ami, une caresse de Cypris
vaut mille fois mieux que toutes les
palmes de Bellonne, et ce n'est pas au
milieu des camps que la volupté nous
enchaîne, le bruit des armes l'effarouche;
le zèle et la valeur, ces fanatiques vertus
de l'homme sauvage, en roidissant notre
âme contre les séductions du plaisir, lui
ôtent cette molesse délicieuse si propre à
le goûter; on a fait le métier d'un barbare, on est inscrit dans des fastes qu'on
ne lira jamais; on a quitté les roses du
temple de Cythère, en préférant celui
de l'Immortalité, où l'on n'a cueilli que
des ronces. Votre fortune surpasse celle

d'aucun citoyen ; tous les plaisirs vont vous environner, vous n'aurez d'autre étude que leur choix, et c'est pour les chagrins du sceptre que vous renoncez à tant d'attraits? Au milieu des soucis de l'administration , s'offrira-t-il une heure à vos amusemens? et naissons-nous pour d'autres soins que pour ceux du plaisir ? Ah! crois moi cher Antonio, la pourpre est loin des charmes qu'on lui suppose; veut-on conserver son éclat, on perd en soucis fâcheux les plus beaux instans de sa vie; néglige-t-on de le rehausser, nos envieux le flétrissent bientôt; leurs mains nous arrachent un sceptre que les nôtres ne peuvent plus soutenir; ainsi toujours entre l'ennui de régner, et la crainte de n'en être pas dignes, nous arrivons au bord du tombeau , sans avoir connu de jouissances; une nuit obscure nous enveloppe alors comme le dernier de nos sujets, et nous avons follement sacrifié pour y survivre, ce qui sans réussir, nous y plonge avec le remords déchirant d'avoir tout perdu pour des illusions.

» Qu'est-ce d'ailleurs que ce fragile empire où tu prétends, mon fils? les tyrans de Florence peuvent-ils jouer un rôle en Italie, quand ils n'auront d'autre énergie que la leur? Jette un coup-d'œil rapide sur l'état actuel de l'europe, sur les intérêts de ses rois... sur les rivaux qui nous entourent; un prince altier (1) veut envahir la monarchie de l'univers.... tous les autres doivent s'y opposer; dans cette hipothèse, Florence ne doit-il pas être le premier objet de leurs desirs? N'est-ce pas des bords de l'Arno, que ce prince ambitieux ou ses concurrens, doivent donner des fers à l'Italie? Florence sera donc le foyer de la guerre; son trône, le temple de la discorde. François Ier. se relevera des malheurs de Pavie; une bataille perdue n'est rien pour les Français; il rentrera en Italie, il y rentrera avec des troupes si nombreuses, que les Sforces n'imagineront même plus de pouvoir lui disputer le Milanez, il se rendra maître de Florence... Char-

(1) Charles-Quint.

les-Quint s'y opposera, il sentira la faute
qu'il a commise de ne pas assurer ce
trône à Dom Philippe, il fera tout pour
l'en rendre maître; que nous restera-t-il
contre de si grands intérêts ? le pape?...
Médicis lui-même, et dont les négociations plus dangereuses que les armes,
n'auront pour objet que de replacer sa
maison dans Florence, en l'asservissant
au plus fort?... Venise, dont la sage politique ne tendant qu'au maintien de
l'équilibre en Italie, ne souffrira jamais
en Toscane de ces petits souverains qui,
toujours à charge dans la balance, et
sans en maintenir aucun côté, ne tra-
vaillent qu'à faire pencher pour eux
l'un ou l'autre. Tout mon fils, tout nous
suscitera des ennemis, ils éclôront de
toutes parts, sans qu'aucun allié se présente; nous aurons ruiné notre fortune,
écrasé notre maison pour ne plus nous
trouver dans Florence un jour, que les
plus faibles et les moins opulens... Laisse
donc là tes chimères, te dis-je, et ramenant tes desirs sur des objets d'une possession plus facile et plus agréable, vole

oublier dans les bras du plaisir, la folle
ambition de tes vastes desseins ».

Mais ces discours, ni d'autres plus
dangereux encore, parce qu'ils avaient
pour but les mœurs, ou la religion, ne
parvenaient à corrompre Antonio ; il
plaisantait sur les sentimens de son père,
et le suppliait de lui permettre de ne
pas s'y rendre, l'assurant que, si jamais
il parvenait au trône, il saurait s'y maintenir avec tant d'art et de sagesse, que
ce serait lui qui illustrerait la couronne,
bien plus qu'il n'en recevrait d'éclat. Alors
Charles emp'oyait d'autres moyens pour
ternir des vertus qui l'éblouissaient ; il
tendait des piéges aux sens d'Antonio,
il l'entourait de tout ce qu'il croyait susceptible de le séduire plus certainement;
il le plongeait de sa main même, dans
un océan de voluptés, l'encourageait à
ces désordres par des leçons et des
exemples. Antonio jeune et crédule, cédait un instant par faiblesse, et la gloire
se ranimant bientôt dans son âme fière,
dès que le calme des passions le rendait

à lui-même, il secouait avec horreur
toutes les entraves de la mollesse, et
retournait vaincre auprès de Louis.

Un motif plus puissant encore que
l'ambition, entretenait dans le cœur
d'Antonio le soin des mœurs et le goût
des vertus; qui ne connaît les miracles
de l'amour!

L'intérêt des Pazzi s'accordait fort aux
sentimens d'Antonio pour l'héritière de
cette maison, également rivale des Médicis; et pour fortifier le parti des Strozzi,
et pour culbuter plus aisément les ennemis communs, on ne demandait pas
mieux que d'accorder à Antonio, Laurence, cette héritière, dont notre jeune
héros était aimé dès ses plus tendres ans,
et qu'il adorait lui-même depuis que son
jeune cœur avait su parler. Fallait-il voler aux combats, c'était des mains de
Laurence qu'Antonio recevait des armes;
ces mêmes mains couvraient Antonio de
lauriers, dès qu'il en avait su cueillir;
un seul mot de Laurence enflammait
Antonio, il eut conquis pour elle la couronne du monde, qu'en la plaçant à ses
genoux,

genoux, il n'aurait encore cru rien faire.

Laurence réunissant sur sa tête tous les biens des Pazzi, que de nouveaux titres acquéraient les Strozzi par ces liens! ils furent donc décidés. Peu après, cette belle fille, qui n'avait encore que treize ans, perdit son père, et comme elle n'avait plus de mère depuis long-temps, que Louis, toujours à l'armée, ne pouvait se charger de cette précieuse nièce, on ne trouva rien de mieux que d'achever son éducation dans le palais de Charles, où plus rapprochée de son mari futur, elle serait à même d'acqué-rir les talens, les vertus qui pourraient plaire à celui dont elle allait partager le sort, et d'entretenir dans ce jeune cœur les sentimens d'amour et de gloire qu'elle y avait nourris jusqu'alors.

L'héritière des Pazzi est donc aussi-tôt conduite chez son beau-père, et là, voyant tous les jours Antonio, elle se livre, plus qu'elle n'avait fait encore, aux sentimens délicieux que les charmes de ce jeune guerrier avaient fait naître dans son cœur.

Tome III.   C

Cependant il faut se séparer ; Mars appelle son enfant chéri, Antonio doit aller combattre ; il n'a pas encore assez cueilli de palmes pour être digne de Laurence ; c'est sur les ailes de la gloire qu'il veut être couronné par l'hymen ; de son côté, Laurence est trop jeune pour subir les loix de ce dieu, tout nécessite donc des délais.

Mais quelqu'empire que l'ambition ait sur Antonio, il ne peut s'arracher sans des larmes, et Laurence ne voit point partir son amant sans en verser de bien amères.

O ! maîtresse adorée de mon cœur, s'écrie Antonio en ce fatal instant, pourquoi faut-il que d'autres soins que ceux de vous plaire, m'enlèvent au bonheur d'être à vous ? Ce cœur où j'aspire à régner bien plus que sur aucun peuple, me suivra-t-il au moins dans mes conquêtes ? et plaindrez-vous votre amant, si des revers, imprésumables alors que l'on combat pour vous, viennent à ralentir un instant ses succès ? Antonio, répondait modestement Laurence, en tournant ses beaux yeux remplis de larmes sur ceux de l'objet de sa flamme, douteriez-vous d'un cœur qui doit vous appartenir à jamais ?... Que ne me conduisez-vous sur vos traces, perpétuellement sous vos regards, ou combattant à vos côtés, en vous prouvant si je suis digne de vous, j'allumerais bien mieux ce flambeau de la gloire qui va guider vos pas : ah ! ne nous quittons point, Antonio, j'ose vous en conjurer; le bonheur ne peut exister pour moi qu'où vous êtes.

Antonio tombant aux pieds de sa maîtresse, ose mouiller de ses pleurs les belles mains qu'il couvre de baisers; non, dit-il à Laurence, non, ma chère âme, restez près de mon père ; mes devoirs, votre âge, tout l'exige.... il le faut; mais aimez-moi, Laurence, jurez-moi, comme si nous étions déjà aux pieds des autels, cette fidélité qui doit me rendre heureux, et mon cœur plus tranquille, n'écoutant plus que ses devoirs, me fera voler où sa voix m'appelle avec un peu moins de douleur. — Eh ! quels sermens faut-il que je vous fasse, ne les lisez-vous pas tous dans cette âme, qui n'est enflammée que pour vous?... Antonio, si une seule pensée étrangère pouvait l'occuper un instant, bannissez-moi pour jamais de vos yeux, et que jamais Laurence ne soit l'épouse d'Antonio. — Ces discours flatteurs me rassurent, j'y crois, Laurence, et pars moins agité. — Allez, Strozzi, allez combattre, allez, puisqu'il le faut, chercher d'autres douceurs que celles que ma tendresse vous prépare; mais croyez que toutes les jouissances de la gloire qui vont enivrer votre cœur, ne le flatteront jamais autant que le mien l'est, par l'espérance d'être bientôt digne de vous; et s'il est vrai que vous m'aimiez, Antonio, n'affrontez pas des dangers inutiles; songez que ce sont mes jours que vous allez exposer dans les combats, et qu'après le malheur de vous avoir perdu, je n'existerais pas un instant. — Eh bien! je le ménagerai ce sang qui doit brûler pour vous; enflammé par l'amour et la gloire, je renoncerais plutôt à celle-ci, que je n'immolerai cet amour, où je puise mon bonheur et ma vie; et voyant sa maîtresse en larmes, calme-toi, Laurence, calme-toi, je reviendrai triomphant et fidèle, et les baisers de ta bouche de rose récompenseront à-la-fois l'amant et le vainqueur. Antonio s'arrache, et Laurence est évanouie dans les bras de ses femmes; elle croit encore dans son délire entendre les accens flatteurs qui viennent de l'enchanter.... elle étend ses bras, ne saisit qu'une ombre, et retombe dans les plus violens accès de la douleur.

Avec l'âme que l'on connaît à Charles Strozzi, avec ses principes et ses passions, il est aisé de sentir qu'il ne fut pas maître de la jeune beauté qu'on avait eu l'imprudence de laisser dans ses mains, sans concevoir au même instant le projet barbare de l'enlever à son fils.

Eh! qui sans l'adorer, pouvait en effet voir Laurence? Quel être eût pu résister à la flamme de ses grands yeux noirs, où la volupté même avait choisi son temple?..

Accours, fils de Vénus, prête-moi ton

flambeau, pour tracer, si je puis, des rayons dont il brûle, les séduisans appas que tu plaças dans elle ; fais entendre toi-même les accens qu'il me faut employer pour offrir une idée des attraits dont ta puissance l'embellit ; peindrais-je, hélas ! sans ton secours, cette taille souple et déliée que tu dérobas chez les Grâces ? esquisserai-je ce sourire fin où régnait la pudeur à côté du plaisir ?.... verra-t-on, sans tes soins, les roses de son teint s'animer au milieu des lys ? ces cheveux du plus beau blond flotter au bas de sa ceinture.... cet intérêt dans tout l'ensemble, qui dispose si bien à ton culte..... oui, Dieu puissant, inspire-moi, mets dans mes mains le pinceau d'Apelles, guidé par tes doigts délicats.... c'est ton ouvrage que je veux rendre..... c'est Hébé enchaînant les dieux, ou plutôt c'est toi-même, amour, caché par coquéterie sous les traits de la plus belle des femmes, pour mieux connaître ton empire et l'exercer plus sûrement.

Charles, enivré déjà du poison séduisant qu'il a puisé dans les yeux de Laurence, ne songe plus qu'à troubler le bonheur du malheureux qu'il a mis au jour. L'horreur de ce projet inquiète peu Strozzi; ce n'est pas avec son âme qu'on peut être effrayé du crime; cependant il se déguise; la ruse est l'art du scélérat, elle est le moyen de tous ses forfaits. Les premiers soins de Charles sont de consoler Laurence; cette innocente fille témoigne de la gratitude a des bontés qu'elle croit sincères, et loin du motif qui les inspire, elle ne songe qu'à en rendre grâces. Strozzi voit bien que ce n'est pas à son âge qu'il détruira dans cette jeune fille les sentimens qu'a fait naître son fils; il révoltera s'il parle d'amour; il faut donc user de finesse. La première idée qui s'offre à l'esprit de Charles, est d'employer avec cette belle personne une partie des séductions dont il a fait usage avec son fils, quand il a voulu le détourner de la gloire: des fêtes se donnent journellement dans son palais; Charles a soin d'y réunir tout ce que la jeunesse de Florence peut offrir de plus délicieux; elle ne peut m'aimer, se

C 4

disait-il, mais si elle 'en aime un autre que mon fils, voilà une diversion déjà favorable pour moi, voilà un outrage aux sentimens qu'elle lui a jurés, et de ce moment une facilité qu'elle m'offre pour l'entraîner dans d'autres travers. Même distraction dans l'intérieur, Laurence n'était servie que par les pages de Charles, et on avait soin de l'entourer des plus beaux (1).

Parmi ceux-ci, un préféré par Charles, âgé de seize ans, et qu'on nommait Urbain, parut bien innocemment fixer un peu plus les regards de Laurence. Urbain était d'une figure délicieuse, l'air de la santé et de l'embonpoint, quoique sa taille et tous ses membres fussent d'une régularité parfaite ; il avait de l'esprit, de la gentillesse, de l'effronterie, et tout cela mêlé de tant de grâces, qu'on lui pardonnait toujours tout : sa vivacité, ses saillies, la plaisante tournure de son ima-

---

(1) Il ne faut pas oublier qu'alors, ces pages sortis des plus grandes maisons, se trouvaient souvent parens de leurs maîtres.

gination, amusèrent Laurence.... Bien
éloignée de prendre garde à ses autres
charmes, et c'était à lui qu'elle devait
les premiers ris qu'on eût vu sur ses
lèvres depuis l'absence d'Antonio.

Urbain reçoit aussi-tôt l'ordre de
Charles de voler au-devant des desirs
de Laurence.... Plais-lui, fais-lui ta
cour.... va plus loin, dit le perfide
Strozzi, ta fortune est faite, si tu peux
l'enflammer.... Ecoute-moi, mon cher
Urbain, je vais t'ouvrir mon cœur;
quoique jeune, je connais ta discrétion,
et tu dois savoir combien je t'aime;
il s'agit de me servir; le mariage qu'on
m'a proposé pour Antonio me déplaît, il
n'y a d'autres façons de le rompre que
de lui enlever le cœur de Laurence; fais
réussir ce projet, fais-toi chérir de la
maîtresse de mon fils, et je te rends un
des plus grands seigneurs de Toscane; ta
naissance est élevée, tu peux, comme
mon fils, prétendre à la main de Laurence.... séduis-là, tu l'épouses, mais
que sa défaite soit constatée; pourrai-je
te la donner sans cela?... il faut qu'elle

C 5

succombe.... n'achève pas cependant ta conquête sans me prévenir.... Dès que Laurence aura cédé.... aussi-tôt que tu te seras rendu maître de sa personne, entraîne-là dans un de ces cabinets qui entourent mon appartement.... tu m'avertiras.... je serai témoin de ta victoire.... Laurence, confondue, sera forcée de te donner la main.... et si tout réussit.... si tu sais joindre l'adresse à la témérité.... ah! cher Urbain, quel bonheur sera ta récompense.

Il était difficile que de tels discours ne produisissent pas les plus grands effets sur un enfant de l'âge et du caractère d'Urbain; il se jette aux pieds de son maître, il le comble de remerciemens, il lui avoue qu'il n'a pas attendu jusqu'à présent à ressentir pour Laurence la flamme la plus vive, et que le plus beau de ses jours sera celui où cette passion se couronnera. Eh bien! dit Charles, travailles-y, sois assuré de ma protection; ne négligeons rien de ce qui peut assurer des desseins qui te flattent, et qui font de même le plus doux espoir de ma vie.

Charles, malgré ce premier succès, comprit qu'il fallait mettre en jeu plus d'un ressort; après avoir sondé plusieurs des femmes de Laurence, il démêla que celle dont il devait le plus attendre, était une certaine Camille, première duègne de la jeune Pazzi, et qu'elle avait près d'elle depuis le berceau. Camille était belle encore, elle pouvait inspirer des desirs; il était vraisemblable qu'elle se rendrait à ceux de son maître. Strozzi, dont le suprême talent était la connaissance la plus profonde du cœur humain.... Strozzi, qui savait que la meilleure manière de faire accepter la complicité d'un crime à une femme, était de l'avoir, n'attaqua d'abord Camille que dans cette première intention; l'or, plus puissant encore que ses discours, la lui amena bientôt. Par un hazard des plus heureux pour Charles, l'âme de cette détestable créature était aussi noire, aussi perverse que celle de Strozzi; ce que l'une enfantait, l'autre se faisait un

C 6

charme de l'exécuter : l'on eut dit que ces cœurs horribles étaient l'ouvrage de l'Enfer.

Camille n'avait nulle raison de jalousie qui pût légitimer les horreurs dont elle consentait à se charger ; n'ayant jamais été dans le cas d'aucune rivalité avec sa maîtresse, pourquoi l'aurait-elle enviée ? Mais on proposait à Camille des atrocités, il n'en fallait pas davantage pour une femme qui, de son propre aveu, n'était jamais plus contente que quand on la mettait à même de mal faire.

Strozzi parfaitement au fait du caractère de ce monstre, ne lui cache plus que son plan est d'abuser de Laurence; que ce dessein, au reste, n'alarme point Camille, c'est une simple fantaisie qui n'empêchera pas Charles de laisser à la fidelle duègne l'entière possession de son amour. Camille effrayée d'abord, se rassure néanmoins après; elle desire le cœur de Strozzi, sans doute; mais comme c'est bien plutôt par intérêt ou méchanceté que par délicatesse, dès que Charles satisfait l'une de ces passions et amuse l'autre, les sentimens qu'il aura vraiment pour elle, l'intéressent moins ; qu'on lui commande des horreurs, et qu'on la paie, Camille est la plus heureuse des femmes. Strozzi parle du projet de faire séduire Laurence par le jeune page ; Camille approuve ce plan, elle répond de le suivre, et l'on ne songe plus qu'à l'exécution. Chaque soir dans l'appartement de Charles se tenaient des assemblées secrètes sur la manière de tendre ou de diriger les pièges concertés ; on se rendait compte des différentes entreprises, on combinait de nouvelles ruses ; Urbain, Camille, sont les principaux agens de ces perfides négociations, où les furies président à côté des bacchantes.

Que d'écueils pour la malheureuse Pazzi ! sa candeur.... sa naïveté.... sa franchise.... son extrême confiance, y résisteront-elles ?... Est-ce la vertu qui désarme le crime ? ne l'irrite-t-elle pas, au contraire, soit en lui donnant plus de moyens de s'exercer, soit en raison de la hauteur des barrières qu'elle lui pré-

sente ? quel dieu préservera donc Laurence de tant de trames ourdies pour
l'entraîner dans l'abîme !

Urbain fit bientôt valoir tous ses
charmes et tous les agrémens de son
esprit ; mais quand au lieu d'amuser,
il s'avisa de vouloir plaire...... il ne
réussit pas ; eh! quel autre qu'Antonio
pouvait régner dans le cœur de Laurence? Ce cœur honnête et délicat, qui
trouvait sa félicité dans ses devoirs,
pouvait-il un moment s'éloigner de son
objet ? Cette innocente fille n'eût pas
même l'air de s'appercevoir qu'Urbain
eût d'autre desir que celui de la distraire ; il est du caractère de la vertu de
ne jamais soupçonner le mal.

Charles s'était flatté de réussir avant
l'époque convenue, du mariage d'Antonio... il se trompa ; l'envie de ne rien
brusquer, pour mieux assurer ses succès, lui avait fait perdre beaucoup de
tems. Antonio revint ; Louis l'accompagnait, Laurence avait atteint l'âge pres-
crit ; elle entrait dans sa quatorzième
année, le mariage se consomma.

S'il est difficile de peindre la joie, naïve de Laurence, en se trouvant au comble de ses vœux... l'excessif transport d'Antonio... le contentement de Louis, il l'est sans doute davantage d'exprimer la douleur de Charles, en voyant que toutes les démarches qui devaient assurer son crime, allaient devenir bien plus difficiles à présent?... Laurence au pouvoir d'un époux, dépendrait-elle aussi intimement de lui? mais les obstacles enflamment les scélérats, Charles n'en devint que plus furieux, et jamais la perte de sa belle fille ne fut plus constamment jurée.

L'ascendant des Médicis l'emportant toujours dans Florence, il fallut donc qu'Antonio renonça aux douceurs de l'hymen pour aller combattre encore. Louis presse lui-même son neveu; il lui représente qu'il ne peut se passer de lui, et qu'il n'est point de raisons personnelles qui doivent lui faire négliger les intérêts généraux.

Ah ciel! je vous perds une seconde fois, Antonio, s'écria Laurence; à peine

connaissons-nous le bonheur, qu'on se
plaît à nous séparer ! Hélas ! qui sait si
le sort nous sera toujours favorable !... il
vous a déjà préservé, j'en conviens,
mais vous comblera-t-il toujours de ses
dons ? Ah ! Strozzi, Strozzi, je ne sais,
mille affreux pressentimens que je n'é-
prouvais pas à notre première séparation, viennent m'alarmer aujourd'hui,
j'entrevois des malheurs prêts à fondre
sur nous, sans qu'il me soit possible de
discerner la main qui doit s'appesantir...
Antonio, m'aimeras-tu toujours ?... songe
que tu dois bien plus maintenant à l'é-
pouse, que tu ne devais jadis à l'amante...
Que de titres t'enchaînent à moi... —
Qui les sent mieux que ton époux, Laurence, multiplie les sans cesse à mes
yeux tous ces droits enchanteurs, et
mon âme encore plus exigeante t'en dé-
couvrira de nouveaux. — Mais Strozzi,
pourquoi nous quitter cette fois ; ce qui
ne se pouvait l'an passé, n'a plus aujour-
d'hui nul obstacle, ne suis-je pas ton
épouse ? quelque chose au monde peut-
il m'empêcher d'être auprès de toi ? —

Le tumulte et le danger des camps, conviennent-ils à ton sexe, à ton âge?.... Non chère âme, non, demeure, cette absence-ci sera moins longue que l'autre, une campagne va décider du succès de nos armes, nous sommes pour jamais anéantis, ou nous régnons avant six mois.

Laurence accompagna son époux jusqu'à San-Giovan, peu distant du quartier de Louis, continuant de l'assurer toujours qu'elle présageait des malheurs qu'il lui était impossible de désigner... lui disant qu'un voile obscur s'étendait pour elle sur l'avenir, sans qu'elle pût le percer. A ces sombres idées, les pleurs de la jeune épouse d'Antonio coulaient avec abondance, et c'est ainsi qu'elle se sépara de tout ce qu'elle aimait au monde.

La pieuse Laurence ne voulut pas quitter les environs de la célèbre abbaye de Valombroza, sans y aller faire un vœu pour les succès des armes de son mari. En arrivant dans cette ténébreuse retraite, située au fond d'une forêt obs-

cure où pénètrent à peine les rayons du
soleil ... où tout inspire cette sorte de
terreur religieuse qui plaît tant aux âmes
sensibles, Laurence ne put s'empêcher
de répandre de nouvelles larmes, elles
inondèrent l'autel du Dieu qu'elle allait
implorer... Là, au sein des pleurs et de
la douleur, prosternée près du sanc-
tuaire, ses cheveux flottans en désordre, ses deux bras élevés vers le ciel,
la componction, l'attendrissement, prê-
tant à ses beaux traits plus d'intérêt encore; là, dis-je, il semble que cette
sublime créature élancée vers son Dieu,
reçoive des rayons de ce même Dieu
saint, les vertus qui la caractérisent...
On eût accusé l'éternel d'injustice, s'il
n'eût pas exaucé les vœux de l'ange céleste, où se peignait aussi bien son image.

Charles qui avait accompagné sa belle
fille; mais qui plein de mépris pour ces
actes pieux, n'avait pas même voulu pénétrer au temple, après avoir chassé
dans les environs, vint la reprendre et
la conduisit à une terre qu'il possédait
assez près de là dans une situation plus

agreste encore. Il avait été convenu que
l'été se passerait dans cette maison; les
troubles qui allaient agiter Florence, en
rendaient l'habitation dangereuse; cette
solitude, d'ailleurs, était du goût de
Charles. Le crime se plaît dans ces sites
affreux, l'obscurité des vallons, le sombre
imposant des forêts, en enveloppant un
coupable des ombres du mystère, sem-
blent le disposer plus énergiquement aux
complots qu'il médite; l'espèce d'horreur
que ces situations jettent dans l'âme,
l'entraîne à des actions, ayant cette
même teinte de désordre qu'imprime
la nature à ces lieux effrayans; on
dirait que la main de cette incompré-
hensible nature, veuille asservir tout ce
qui vient la contempler dans ses capri-
ces... aux mêmes irrégularités qu'elle
présente.

Oh dieu! quel désert, dit Laurence
effrayée, en appercevant un amas de
tours au fond d'un précipice, tellement
couronné de sapins et de mélèzes (1) que

_____

(1) Espèce de sapin commun dans les Alpes

l'air y circulait à peine, y a-t-il, poursui-
vit-elle, d'autres êtres que des bêtes fé-
roces qui puissent habiter ce séjour? que
les abords ne vous révoltent pas, répondit Charles, les dedans vous dédomma-
geront.

Après bien des peines et des fatigues,
puisqu'aucune voiture ne pouvait parvenir dans ce lieu, Laurence y arrive enfin; et reconnaît qu'effectivement rien
ne manque dans ce séjour solitaire, de
tout ce qui peut y rendre la vie agréable;
une fois descendu dans ce bassin, indé-
pendamment d'un château commode et
parfaitement meublé, on trouvait des
parterres, des bosquets, des potagers
et des pièces deau (1).

Les premiers instans se passèrent à

---

et dans l'Appenin, singulièrement triste et
sombre.

(1) Cette habitation n'est point prise dans le
pays des chimères, l'auteur l'a vue et d'écrite
sur les lieux même; elle est à quatre mille au
nord de Valombroza, dans la même forêt;
elle n'appartient plus aux Strozzi.

s'établir; mais l'épouse d'Antonio, quoiqu'au milieu du luxe et de l'abondance, ne voyant absolument personne venir dans ce réduit obscur, s'apperçut promptement que sa retraite n'était qu'une honnête prison; elle témoigne un peu d'inquiétude, Charles allègue les malheurs du tems, les difficultés, le danger des chemins... la décence qui paraît exiger que pendant qu'Antonio est à l'armée sa femme vive dans la solitude.... Cet ennui s'égayera pourtant, dit Charles avec fausseté; vous le voyez, ma fille, je n'ai rien épargné de ce qui peut vous plaire; Camille qui vous est attachée, Urbain qui vous amuse, sont du voyage et s'empressent à vous prévenir... Vos desseins... votre guittare, un assez bon nombre de livres, parmi lesquels je n'ai point oublié Pétrarque que vous chérissez, tout est ici... tout va servir à vous distraire, et six mois s'écoulent bien vite. Laurence s'informe des moyens d'écrire à son mari. Vous me donnerez vos lettres, répond Charles, et chaque semaine elles partiront dans mon paquet.

Cet arrangement qui paraissait gêner les pensées de Laurence, fut très-éloigné de lui plaire; elle n'en témoigna pourtant rien... Dans le fait, elle n'avait point encore à se plaindre; elle dissimula donc et les jours s'écoulèrent.

Tout reprit le même cours que dans la capitale; mais l'extrême pudeur de Laurence s'alarma promptement des libertés d'Urbain; vivement excité par son maître, et bien autant sans doute par ses propres dispositions, l'imprudent page avait enfin osé convenir de ses feux cette hardiesse surprit étonnemment l'épouse d'Antonio; vivement alarmée, elle vole aussi-tôt vers Charles, elle lui porte les plaintes les plus amères contre Urbain... Strozzi l'écoute d'abord avec attention... « Ma chère fille, lui dit-il ensuite, je crois que vous mettez trop d'importance à des dissipations conseillées par moi-même. Considérez tout cela avec infiniment plus de philosophie; vous êtes jeune, ardente, dans l'âge des plaisirs, votre époux est absent; ah! chère fille, ne portez pas si loin une sé-

vérité de mœurs, dont vous ne recueil-
lerez que des privations; la leçon d'Urbain est faite, mon enfant, vous ne
courez avec lui nuls dangers. A l'égard
de la lésion bizarre que vous craignez
de faire aux sentimens dus à votre époux,
elle est nulle ; un mal qu'on ignore n'affecte jamais; m'alléguerez-vous l'amour?
mais la satisfaction d'un besoin n'outrage
en rien des sentimens moraux, réservez
pour votre époux tout ce qui tient à la
métaphysique de l'amour, et qu'Urbain
jouisse du reste; je dis plus, quand même
l'image de cet époux chéri, viendrait à
s'oublier, quand même les plaisirs goû-
tés avec Urbain, parviendraient à éteindre l'amour, que vous conservez follement pour un être, que les dangers de
la guerre vous raviront peut-être au premier moment, où serait donc le crime
à cela? Eh Laurence!... Laurence, votre
époux même instruit de tout, serait le
premier à vous dire, que la plus grande
de toutes les folies est de resserrer entre
soi des desirs, qui, étendus... qui, mul-
tipliés, peuvent, de deux captifs volon-

taires, former les êtres les plus libres
et les plus heureux de ce monde».

L'infâme, profitant alors du désordre
que jette son affreux discours dans l'âme
vertueuse de cette intéressante créature,
ouvre un cabinet dans lequel est Urbain;
tenez, s'écrie-t-il, femme trop crédule
vous avez reçu de ma main un mari qui
ne saurait vous satisfaire, acceptez pour
vous consoler, un amant capable de tout
réparer ; et l'indigne page s'élançant
aussi-tôt sur la triste et vertueuse épouse
d'Antonio, veut la contraindre aux dernier excès... Malheureux, s'écrie Laurence, en rejetant Urbain avec horreur, fuis loin de moi, si tu ne veux
courir le risque de tes jours... et vous,
mon père... vous de qui je devais attendre d'autres conseils... vous qui deviez guider mes pas dans la carrière de
la vertu... vous que je venais implorer
contre les attentats de ce misérable... Je
ne vous demande plus qu'une faveur...
laissez-moi sortir dans l'instant de cette
maison que je déteste ; j'irai trouver mon
époux dans les champs de la Toscane...
j'irai

j'irai partager son sort, et quelque soient
les périls qui me menacent, ils seront
toujours moins horribles que ceux dont
je me vois entourée chez vous ; mais
Charles furieux, se jetant au travers de
la porte où la jeune femme s'élançait
pour fuir... Non, lui dit-il, non créature
aveuglée, tu ne sortiras point de cet
appartement, qu'Urbain ne soit satisfait;
et le page enhardi, renouvelle ses indignes efforts, lorsque tout-à-coup un
mouvement involontaire l'arrête... il
considère Laurence... il n'ose achever...
il est ému ; il verse des larmes... Mer-
veilleux ascendant de la vertu... Urbain
tombe aux pieds de celle qu'on veut lui
faire outrager, il ne peut que lui demander grâce... il n'a que la force d'implorer
son pardon... Strozzi s'emporte... sors,
dit-il à son page, vas porter loin de chez
moi tes remords et ta timidité, et vous
madame, préparez-vous à tous les effets
de mon ressentiment; mais cette inter-
ressante femme à qui la vertu prête des
forces, se refugie dans une embrazure,
en s'armant du poignard de Strozzi, im-

prudemment laissé sur une table.....
Approche, monstre, lui dit-elle, approche, si tu l'oses à présent, mes premiers coups seront pour toi, les seconds
m'arracheront le jour. Une aussi coura-
geuse action dans une femme qui tou-
chait à peine à sa seizième année, en
impose totalement à Strozzi; il n'était
pas encore le maître de sa belle-fille,
comme il espérait de le devenir un jour;
il se calme, ou plutôt il feint. Quittez
cette arme, Laurence, dit-il avec sang-
froid, quittez-là je vous l'ordonne par
toute l'autorité que j'ai sur vous... et lui
ouvrant la porte de l'appartement... sortez, madame, continua-t-il, sortez, vous
êtes libre; je vous donne ma foi, de ne
plus vous contraindre... je me trompais, il
est des âmes à la félicité desqu'elles il ne
faut jamais travailler, trop de préjugés
les offusquent, il faut les y laisser lan-
guir; sortez, vous dis-je, et laissez cette
arme. Laurence obéit sans répondre, et
dès qu'elle a franchi la porte de cet appartement fatal, elle jette le poignard et
rentre chez elle.

L'unique consolation de cette malheureuse en de semblables crises, était l a perfide Camille, point encore démasquée aux yeux de sa maîtresse; elle se jette dans les bras de cette créature; elle lui raconte ce qui s'est passé, fond en larmes, et conjure sa duegne de tout mettre en usage pour faire parvenir secrètement une lettre à son mari; Camille enchantée de prouver son zèle à Charles en trahissant aussi-tôt Laurence, se charge de la commission; mais cette charmante femme trop circonspecte pour accuser le père de son époux, se plaint seulement à Antonio du mortel ennui qui la dévore dans la maison de Charles; elle peint le desir qu'elle a d'en être dehors, la nécessité dont il serait qu'elle pût l'aller joindre à l'instant, ou qu'il vint au moins la voir un seul jour.

Cette lettre n'est pas plutôt écrite, qu'elle est remise à Charles par Camille; Strozzi l'ouvre avec précipitation, et ne peut s'empêcher, malgré toute sa fureur, d'admirer la sage retenue de cette jeune personne, qui vivement outragée

D 2

sans doute, n'ose pourtant pas nommer son persécuteur. Il brûle la lettre de sa belle-fille, et en écrit promptement une à Antonio d'un style bien différent.

« Venez aussi-tôt ma lettre reçue, disait-il à son fils, pas un moment à perdre; vous êtes trahi, et vous l'êtes par le serpent que j'ai moi-même nourri dans ma maison. Votre rival est Urbain..... ce fils d'un de nos alliés, qui fut élevé près de vous, et presqu'avec les mêmes égards; je n'ai osé le punir, la circonstance était trop délicate...... Ce crime m'étonne et me révolte à tel point que j'imagine quelquefois me tromper; accourez-donc..... venez tout éclaircir; vous arriverez mystérieusement chez moi...... vous éviterez tous les yeux, et j'offrirai moi-même aux vôtres, l'affreux tableau de votre déshonneur,... mais ménagez cette infidelle, c'est la seule grâce que je vous demande; elle est faible, elle est jeune, je ne suis irrité que contre Urbain, c'est sur lui seul qu'il faut que notre vengeance éclate ».

Un courrier vole au camp de Louis,

et pendant l'intervalle, Strozzi achève de préparer ses ruses. D'abord il console Laurence, il la flatte..... et grâce à son art séducteur, il lui persuade que tout ce qu'il a fait, n'est que pour éprouver sa vertu, et la placer dans un plus grand jour..... Quel triomphe pour ton mari, Laurence, quand il apprendra ta conduite...... Ah! ne doute pas, chère enfant, de l'extrême plaisir qu'elle m'a fait; puissent tous les époux avoir des femmes qui te ressemblent, et l'amour conjugal, le plus beau présent de la divinité, rendrait bientôt tous les hommes heureux.

Rien n'est confiant comme la jeunesse, rien n'est crédule comme la vertu; la jeune épouse d'Antonio se jette aux pieds de son beau-père, elle lui demande pardon de ce qui a pu lui échapper de trop violent dans sa défense; Charles l'embrasse, et voulant encore mieux sonder ce jeune cœur, il demande à sa fille, si elle n'a point écrit à Antonio; mon père, répond Laurence, avec cette candeur qui la fait adorer,....

D 3

puis-je vous cacher quelque chose? Oui,
j'ai fait partir une lettre, j'en ai chargé
Camille.—Elle aurait dû m'en faire part.
— Ne la réprimandez-pas de son zèle
pour moi.—Je la gronderai de sa discrétion.—Je vous demande sa grâce.—Elle
est accordée, Laurence;.... et dans cette
lettre? — Je prie Antonio de revenir,
ou de me permettre de l'aller joindre,
mais aucune plainte de cette scène, dont
j'ignorais la cause, et dont je ne puis
me fâcher à présent. — Nous ne lui en
ferons point un mystère, ma fille, il
faut qu'il connaisse votre amour, il faut
qu'il soit instruit de son triomphe.

Tout s'appaise, et la plus grande intelligence règne maintenant dans une maison
que venaient de troubler tant de désordres; mais ce calme ne devait pas régner
long-temps, l'âme des scélérats laisse-t-
elle respirer en paix la vertu? Semblables aux flots d'une mer inconstante,
il faut que ses crimes perpétuels boule-
versent tout ce qui ose se confier sur son
élément, et ce n'est qu'au fond du tom-

beau que l'innocence trouve un port assuré, aux écueils sans nombre de cet océan dangereux.

Charles machinait à-la-fois, et tout ce qui pouvait légitimer l'accusation dont il venait de charger l'épouse de son fils, et tout ce qui pouvait le débarrasser en même temps d'un complice timide, dont il voyait bien qu'il avait à se défier. Le machiavélisme commençait à faire des progrès en Toscane ; ce système (1) enfanté dans Florence, devait commencer par séduire les habitans de cette ville ; Charles était un de ses plus grands sectateurs, et à moins qu'il ne fût obligé de feindre, il en affichait toujours les maximes. Il avait lu dans ce grand système de politique : « Qu'il fallait ama- » douer les hommes, ou les sacrifier, » parce qu'ils se vengent des légères of- » fenses, et qu'ils ne peuvent se venger

_____

(1) Ce fut à Laurent II de Médicis, père d'Alexandre, premier duc de Florence, que Machiavel dédia son ouvrage, intitulé *le prince ;* livre dont il est ici question.

D 4

» lorsqu'ils sont morts (1)». Il avait lu
dans les discours du même auteur (2),
« que l'affection du complice doit être
» bien grande, si le danger où il s'expose
» ne lui paraît encore plus grand, qu'en
» conséquence, il fallait donc, ou ne
» choisir que des complices intimement
» liés à soi, ou s'en défaire dès qu'on s'en
» était servi ».

Charles partant de ces funestes principes, donne donc des ordres analogues;
il s'assure de Camille, r'enflamme le
zèle d'Urbain, l'encourage par le nouvel
espoir des plus sublimes récompenses,
et laisse arriver Antonio.

Le jeune époux effrayé, accourt à la
hâte; un instant de calme le lui permet;
il entre de nuit chez Charles, et se jette
en pleurant dans ses bras. — Eh quoi !
mon père, elle me trahit.... l'épouse que
j'adorais..., elle.... elle.... mais êtes-vous
bien sûr ? vos yeux ne vous ont-ils pas
trompé ?... se peut-il que la vertu même...

---

(1) Page 15, Cap. 3.

(2) Lib. 3, Cap. 6.

ah ! mon père. Puissai-je ne l'avoir jamais conduit dans cette maison, dit Charles, en pressant Antonio sur son sein, l'ennui, la solitude.... ton absence, toutes ces causes l'ont sans doute entraînée dans le crime affreux que mes yeux n'ont que trop découvert ! — Ah ! gardez-vous bien de m'en persuader, mon père, dans la fureur où je suis.... je ne répondrais peut-être pas de ses jours.... Mais cet Urbain.... ce monstre ! que nous comblions de bontés.... c'est sur lui que va retomber toute ma rage.... Me l'abandonnez-vous, mon père ? — Calme-toi, Antonio.... convains-toi, ta tranquillité l'exige ; mais à quoi servirait ton courroux ? — A me venger d'un traître, à punir une perfide. — Pour elle, non, je m'y oppose, mon fils.... au moins jusqu'à ce que tu sois éclairé ; peut-être me trompai-je, ne condamne pas cette infortunée, et sans que tes yeux aient vu son crime, et sans que tu aies entendu ce qu'elle peut dire pour le justifier. Passons la nuit tranquille, Antonio, et demain tout s'éclaircira. — Mais, mon

D 5

père, si je la voyais dès le même instant? si j'allais tomber à ses pieds.<... ou lui percer le cœur ! — Appaise ce désordre, Antonio, et je te le répète, ne prends aucun parti que tu n'aies tout vu, ne te décide à rien que tu n'aies entendu Laurence. — Oh dieu ! habiter la même maison qu'elle..... passer une nuit près d'elle, ne pas la punir si elle a tort.... ne pas jouir de ses chastes embrassemens si elle est innocente ! — Infortuné jeune homme, cette alternative de ton aveugle amour ne peut t'être permise, ton épouse est criminelle sans doute, et ce n'est pas l'instant de te venger. — Ah ! trouverai-je jamais celui de la haïr ! Laurence, sont-ce là ces sermens de m'adorer toujours ! que t'ai-je fait pour m'outrager ainsi?... les lauriers que j'allais cueillir.... n'était-ce pas pour te les présenter ?... si je desirais d'illustrer ma maison, c'était pour t'embellir de son éclat.... pas une seule pensée d'Antonio qui ne s'adressât à Laurence.... pas une seule de ses actions qui ne l'eût pour principe... et quand je t'idolâtre, quand tout mon sang versé

pour toi, ne m'eût pas encore paru suf-
fisant à te convaincre de mon amour....
quand je te comparais aux anges du
ciel!... quand le bonheur dont ils jouis-
sent était l'image de celui que j'attendais
dans tes bras.... tu me trahissais donc
aussi cruellement!.... non, il ne sera
point de supplice assez effrayant.... il
n'en sera point d'assez horrible!... qui,
moi, me venger de Laurence!... la supposer coupable.... je le verrais sans le
croire.... elle me le dirait, que j'accuse-
rais mes sens d'erreur, bien plutôt qu'elle
d'inconstance.... Non, non, ce n'est que
moi qu'il faut punir, mon père.... c'est
dans mon cœur que s'enfoncera le poignard.... O Laurence! Laurence, que
sont devenus ces jours délicieux où les
sermens de ton amour s'imprimaient si
bien dans mon âme.... N'était-ce donc
que pour me tromper que l'amour t'em-
bellissait, en prononçant ces promesses
flatteuses! ta douce voix n'augmentait-
elle de charmes que pour me séduire
avec plus d'art? et toutes les expressions
de ta tendresse devaient-elles se changer

dans mon cœur en autant de serpens
qui le dévorent !... Mon pere.... mon
père.... sauvez-moi de mon désespoir....
il faut ou que j'expire, ou que Laurence
soit fidelle.

Il ne pouvait y avoir au monde que la
seule âme du féroce Strozzi, que de tels
accens ne déchirassent pas ; mais les méchans se plaisent au spectacle des maux
qu'ils causent, et chacune des gradations
de la douleur dont ils absorbent leurs
victimes, est une jouissance pour eux.
Ceux qui connaîtront l'espèce d'âme où
le crime établit son empire, imagineront
aisément que celle de Charles devait
être loin de s'ébranler à cette doulou-
reuse scène ; le barbare, au contraire,
est enchanté de voir son fils dans la situation où il le veut, pour s'assurer du
crime qu'il ose en attendre. A force de
prières, Antonio consentit pourtant à
passer le reste de la nuit sans voir Laurence ; il s'abîma dans sa douleur sur un
fauteuil près du lit de Charles, et le jour
vint enfin éclairer la scène horrible qui
allait convaincre Antonio.

Il faut patienter jusqu'à cinq heures, dit Charles en s'éveillant, tel est l'instant où ton indigne épouse attend Urbain au parc dans le cabinet d'orangers.

Il vient enfin ce moment affreux. Suis-moi, dit Charles à son fils.... pressons-nous, Camille vient de m'avertir, et ton déshonneur se consomme.... Les deux Strozzi s'avancent au fond des jardins.... plus on approche, moins Antonio peut se contenir.... Arrêtons-nous, dit Charles.... de ce lieu nous pourrons tout voir.... A ces mots il entr'ouve à son fils une charmille.... à dix pieds au plus du fatal cabinet.... Oh juste ciel! quel spectacle pour un époux adorant sa femme! Antonio voit Laurence étendue sur un lit de verdure, et le traître Urbain dans ses bras.... Il ne se contient plus; franchir le feuillage qui lui sert de rempart.... voler sur le couple adultère, et poignarder l'infâme qui le déshonore, tout cela n'est pour lui que l'ouvrage d'un instant.... Son bras se lève sur sa coupable épouse; mais l'état dans lequel il croit que sa présence l'a mis, le désarme.... La malheureuse a les yeux fermés, elle ne respire plus.... la pâleur de la mort couvre ses belles joues.... Antonio menace.... on ne l'entend point.... il frémit, il pleure, il chancèle.... Elle est morte, s'écrie-t-il.... elle n'a pu soutenir ma vue.... La nature m'enlève la douceur de me venger moi-même; je verserais en vain son sang.... elle ne sentirait plus mes coups.... Qu'on la secoure.... qu'on rende cette perfide à la lumière.... qu'on me donne le cruel plaisir de déchirer ce cœur ingrat qui put me trahir à ce point.... je veux qu'elle respire, par chacun de ses sens, la mort affreuse que je lui prépare.... oui, qu'on lui rende le jour.... peut-être que.... O Laurence! Laurence, puis-je douter encore.... Qu'on la ranime, mon père.... qu'on la ranime, je veux l'entendre, je veux savoir d'elle-même quelles raisons ont pu la porter à ce comble d'horreur.... je veux voir s'il lui restera assez de fausseté pour justifier son parjure.... de quel œil elle en soutiendra toute la honte.

Il n'était plus besoin de secours pour

le malheureux page ; noyé dans son sang près de Laurence, il rendit l'âme sans proférer une parole ; et ce ne fut pas sans une joie maligne que Charles vit expirer ce mal-adroit complice, dont il n'avait presque rien à espérer pour le crime, et tout à craindre pour la délation. On rapporte Laurence dans son appartement ; elle ouvre les yeux.... elle ignore ce qui s'est passé.... elle demande raison à Camille de cet assoupissement subit qui s'est emparé d'elle dans le berceau d'orangers.... l'a-t-on quittée ?.... a-t-elle été seule ? elle apperçoit du trouble.... qu'est-il arrivé ?... elle éprouve un mal-aise dont la cause lui est inconnue ; dans le rêve affreux de cette léthargie, elle a cru voir Antonio s'élancer sur elle et menacer ses jours.... est-il vrai ?... son mari serait-il dans ces lieux ? Toutes les questions de Laurence se croisent et se multiplient ; elle en commence vingt, et n'en finit aucune. Cependant Camille est loin de la rassurer ; vos crimes sont connus, madame, lui dit-elle, préparez-vous à les expier. —

Mes crimes !... oh ciel !... vous m'effrayez.... Camille, quel crime ai-je commis? quel est ce sommeil magique dans
lequel je suis tombé malgré moi?... en
aurait-on profité pour renouveller des
horreurs ?... mais Charles m'a désabu-
sée, il préparait un triomphe à ma vertu...
il ne tendait point de piége à mon innocence.... il me l'a dit.... m'aurait-il trompée? Dieu ! quel est mon état.... Ah ! je
vois tout.... je suis trahie.... pendant cet
affreux sommeil.. Urbain.. le monstre..
et Strozzi, tous deux d'accord sans doute..
Ah ! Camille, dis - moi tout.... dis - moi
tout, Camille, ou je te regarde comme
ma plus mortelle ennemie. Epargnez-
ces feintes, madame, répond la duègne,
elles sont inutiles, tout est découvert...
vous aimiez Urbain, vous lui donniez des
rendez-vous dans le parc.... vous ne l'a-
vez rendu que trop heureux, et quel
instant avez-vous choisi? le même où
votre époux accouru, sur la lettre dont
vous m'aviez chargé pour lui, venait
vous témoigner son amour et son zèle,
en profitant du seul jour que lui laissait

le soin des armes. — Antonio est ici ? —
il vous a vu, madame, il a surpris vos
coupables amours, il en a poignardé l'objet.... Urbain n'est plus ; l'évanouissement où vous a plongé la honte et le désespoir, vous ont sauvé la vie, vous ne
devez qu'à cette seule cause de n'avoir
pas suivi votre amant au tombeau. —
Camille, je ne t'entends pas, un trouble
affreux s'empare de ma raison.... je sens
que je m'égare.... aie pitié de moi, Camille... qu'as-tu dit?.... qu'ai-je fait?...
que veux-tu me persuader?... Urbain
mort.... Antonio dans ces lieux.... O !
Camille, secoure ta malheureuse maîtresse.... et Laurence à ces mots s'évanouit.

Elle r'ouvrait à peine les yeux, que
Charles et Antonio entrent dans son appartement ; elle veut se précipiter aux
genoux de son mari. Arrêtez, madame,
lui dit froidement Antonio ; ce mouvement dicté par vos remords, est loin de
m'attendrir ; je ne viens pourtant point
en juge prévenu, vous condamner avant
de vous entendre, je ne prononcerai

qu'après avoir appris, de vous-même, quelles raisons ont pu vous porter à l'infâme action que j'ai surprise.

Rien n'égale à ces mots le funeste embarras de Laurence ; elle voit bien qu'on a trompé ses sens.... mais que dire ? se défendra-t-elle, ainsi qu'elle le doit ? elle ne le peut, qu'en dévoilant les horribles complots de Charles.... qu'en armant le fils contre le père.... s'accusera-t-elle ? elle est perdue.... ce qui est pis, elle se rend indigne de regagner jamais le cœur de son époux. O ! funeste situation.... Laurence eut préféré la mort.... et cependant il faut répondre.

Antonio, dit-elle avec tranquillité, depuis que nous sommes unis, avez-vous vu quelque chose de moi qui dût vous faire croire que je fusse capable de passer, dans un instant, de la vertu au crime ? — *Antonio* : il est impossible de répondre d'une femme. — *Laurence* : j'avais l'orgueil de croire à l'exception, j'imaginais que le cœur où vous régniez, ne pouvait plus appartenir à d'autres. — *Charles* : quels détours !... quel artifice

ingénieux ! est-il question de savoir si
le mal a pu se commettre ou non?...
doute-t-on de ce qu'on a vu? Nous vous
demandons les motifs qui ont pu vous
porter à cet excès, et non s'il est vrai
que vous soyez coupable ou que vous
puissiez être innocente? Que de raisons,
mon père, dit Laurence à Charles, devraient vous engager à me traiter avec
moins de rigueur ; à supposer que je fusse
criminelle, n'est-ce pas à vous à prendre
ma défense?... n'est-ce pas de vous que
je dois attendre de la pitié?... ne devez-
vous pas servir de médiateur entre votre
fils et moi? ne vous ayant point quitté
depuis l'absence de mon époux... qui doit
mieux croire que vous, à l'innocence
d'une femme.... d'une femme qui fait de
sa vertu son unique trésor?.... Strozzi,
accusez-moi vous-même, et je me croirai
coupable. Il n'est pas nécessaire que mon
père vous accuse, dit Antonio, le courroux dans les yeux ; les témoins.... les
délateurs, tout devient inutile après ce
que j'ai vu. — *Laurence* : ainsi, Antonio
me croit adultère.... il ose soupçonner

celle qu'il aime.... celle qui lui jure
qu'elle eût préféré la mort au crime affreux dont on l'accuse.... et tendant ses
beaux bras vers son époux, en versant
un torrent de larmes.... Est-il vrai, mon
époux m'accuse? il peut croire un moment que Laurence a cessé de l'adorer?
Traîtresse! s'écrie Antonio, en repoussant
les bras de son épouse.... ta séduction ne
m'en impose plus.... n'imagine pas me
désarmer par ces paroles doucereuses
qui faisaient autrefois le charme de mes
jours.... je ne les entends plus.... je ne
saurais plus les entendre.... ce miel d'a-
mour qui coule de tes lèvres ne peut
plus enivrer mon cœur, je ne trouve
plus, dans ce cœur endurci pour toi,
que de la rage et de la haine. Oh ciel!
je suis bien malheureuse, s'écria Laurence, en fondant en larmes, puisque
celui de mes accusateurs qui devrait être
le plus pénétré de mon innocence, est
celui qui m'attaque le plus sévèrement...
et reprenant avec chaleur.... Non, Antonio, non, tu ne le crois pas.... il est
impossible que j'aie pu me souiller de

ce crime, plus impossible encore que tu puisses le croire. Il est inutile, mon fils, d'entendre plus long-temps cette criminelle, dit Charles, en voulant éloigner Antonio, qu'il ne voyait que trop prêt à faiblir.... son âme, déjà corrompue, lui suggère d'affreux mensonges qui ne serviraient qu'à t'irriter davantage.... Allons prononcer sur son sort. Un moment.... un moment, s'écria Laurence, en se précipitant à genoux vers les deux Strozzi, et leur formant une barrière de son corps.... non, vous ne me quitterez pas que je ne soie justifiée... (et fixant Charles).... oui, seigneur, vous me justifierez.... (fièrement), c'est de vous que j'attends ma défense...., vous seul êtes en état de l'entreprendre. Levez-vous, Laurence, dit Antonio, tout ému.... levez-vous, et répondez plus juste, si vous voulez convaincre. Votre justification ne regarde pas mon père, vous seule êtes en état de l'établir, et comment l'oserez-vous, après ce que j'ai vu? n'importe, répondez, étiez-vous ou non dans le jardin, il y a quelques

instans ? — *Laurence* : j'y étais. — *Antonio* : vous y êtes-vous rendue seule ?
— *Laurence* : je n'y fus jamais de cette
manière , Camille m'accompagnait,
comme elle fait toujours. — *Antonio*:
aviez-vous donné rendez-vous à quelqu'un dans cette promenade ? — *Laurence* : à personne. — *Antonio* : qui
donc a pu faire trouver Urbain dans le
même lieu que vous ? — *Laurence* : il
est impossible que je puisse vous rendre
compte de cela.... O ! Charles, daignerez-vous l'expliquer à votre fils ? —
Charles : elle veut que je dise ce qui
put l'entraîner au crime ; je le dirai
donc, mon fils, puisqu'elle l'exige. Dès
le lendemain de votre mariage, cette
créature perverse, ne cessa d'avoir des
yeux pour Urbain ; ils se sont écrit, je l'ai
su, j'ai balancé pour vous l'apprendre....
était-ce à moi de vous la dénoncer ?....
j'ai rompu le commerce.... j'ai châtié
Urbain, je l'ai menacé de toute ma co-
lère ; je respectais encore assez cette misérable pour ne pas lui parler de ses
torts ; j'imaginais qu'en contenant l'un

des deux, l'autre n'oserait faiblir.... ma
bonté ma séduit, elle m'a trompé; ar-
rête-t-on jamais une femme qui veut se
perdre ! j'ai continué de les surveiller
l'un et l'autre.... c'est Camille qui s'en
est chargé, je ne voulais être instruit
que par celle de ses femmes qui l'aimait
le plus.... qui, ne l'ayant point quitté
depuis son enfance, devait naturellement, ou l'accuser le moins, ou la défendre le mieux. C'est de Camille que
j'ai su que cette intrigue commencée à
Florence, se continuait dans cette campagne; j'ai cru dès-lors devoir renoncer
à toute considération, j'ai cru devoir vous
avertir, je l'ai fait. Vous voyez comme
elle se défend.... que voulez-vous davantage, mon fils, que vous faut-il de
plus pour vous contraindre à punir cette
malheureuse?... à venger votre honneur offensé ? Camille m'accuse, seigneur, dit Laurence à Charles, avec autant de surprise que de fierté ? Il faut
l'entendre, dit Antonio, et s'adressant
à la duegne : Vous à qui je me suis
confié du soin de tout ce que j'aimais....

parlez, Laurence est-elle coupable? — *Camille* : seigneur..... — *Antonio* : parlez, vous dis-je, je le veux. — *Laurence* : répondez Camille, je l'exige aussi, quelle preuve avez-vous que je sois coupable? — *Camille* : madame peut-elle me faire cette question, après ce qu'elle sait elle-même, ignore-t-elle, ou ne se rappelle-t-elle plus qu'elle a voulu me charger de cette coupable correspondance, qu'elle m'a dit qu'elle était bien malheureuse de n'avoir pas connu le jeune Urbain avant Antonio, et que dès qu'il était d'une naissance qui pouvait assortir madame, elle n'eût jamais voulu d'autre époux. Exécrable créature, dit Laurence en voulant se précipiter sur cette femme et contenue par Charles, dans quel gouffre de l'enfer vas tu chercher les calomnies dont tu te souilles?... et se présentant à Antonio le sein découvert... Eh bien! seigneur, punissez-moi.... punissez-moi, dès l'instant, s'il est vrai que je sois aussi coupable qu'on ose me peindre à vos yeux....

yeux... Voilà mon cœur, plongez y votre poignard, ne laissez pas subsister plus long-tems un monstre, qui a pu vous trahir à ce point; je ne suis plus digne que de votre haine et de votre vengeance... Arrachez-moi la vie, ou je vais moi-même prendre ce soin; et en prononçant ces paroles, elle se précipite sur le poignard d'Antonio; mais celui-ci s'opposant à cette fureur... Non Laurence, non lui dit-il, tu ne mourras point ainsi, il faut que tu sois réservée à de plus grandes douleurs... que chaque jour ton crime à tes yeux présenté, te fasse mieux sentir l'aiguillon du remords. — *Laurence :* Antonio, je ne suis point une adultère; au même instant où tu m'accuses, une secrète voix te parle en ma faveur... démêle la vérité... informe-toi; à quelque point que tu me croyes un monstre... il en respire ici de plus affreux que moi; connais-les avant de me condamner, démêle-les avant que de m'ôter ton cœur, et ne me méprise pas avant que d'être mieux éclairci; j'ai été au jardin, accompagnée

Tome III.   E

de la seule Camille ; à peine étais-je
arrivée sous le bosquet, qu'un assoupis
sement surnaturel est venu s'emparer de
mes sens... On dit que tu m'as vue... que tu
m'as vue dans les bras d'Urbain.... que
tu as tué Urbain... j'ignore tout... je
n'ai éprouvé que des rêves horribles,
et le plus profond sommeil. — *Charles :*
quelle effronterie ! Camille, auriez-vous
plongé par quelque philtre, votre maîtresse dans cette létargie dont elle n'a
pu se défendre... Urbain... le malheureux
Urbain dénué de toute espèce de fortune, vous a-t il proposé de faire la votre
pour obtenir de vous ce service ? et vous
y êtes-vous prêtée ? — *Camille :* quelle
que fortune que m'eût offert Urbain, seigneur, et m'eût-il rendue maîtresse d'un
empire, eussai-je voulu l'obtenir au prix
d'une telle infamie ?... mon âge... ma
position, la confiance dont on m'honore dans cette maison, mon extrême
attachement pour ma maîtresse, tout
doit vous répondre de moi sans doute,
et si vous cessiez de m'estimer, seigneur, je demanderais à me retirer sur-

le-champ. Que réponds-tu perfide, dit
alors Antonio, en lançant des regards
furieux sur Laurence, que réponds-tu à
ces accusations où règnent la franchise
et la vérité ? — *Laurence :* rien, seigneur, prononcez ... ce n'était que de
votre âme que j'attendais ma défense...
prononcez, seigneur, j'ai tout dit, il me
devient impossible d'ajouter à ma justification ... tout parle contre moi ... Antonio crédule, aime mieux m'accuser
que d'ouvrir les yeux ; Antonio trompé
par tout ce qui l'entoure, aime mieux
croire ses plus dangereux ennemis que
celle qui l'idolâtrera jusqu'au dernier
soupir ... je n'ai plus qu'à subir ma sen-
tence... je n'ai plus qu'à prier mon époux...
et celui qui aurait dû me servir de
père... qui me charge quand il sait bien
que je suis innocente, je n'ai plus qu'à
les supplier l'un et l'autre de déterminer
promptement mon sort. Ah ! Laurence,
s'écria le jeune Strozzi en regardant encore avec tendresse, celle dont il se
croyait si vivement outragé, Laurence
est-ce donc là ce que tu m'avais juré dès

mes plus tendres ans. Antonio, reprend
Laurence avec vivacité, cède au mouvement qui te parle en ma faveur...
N'arrête point ces larmes qui mouillent
tes paupières, viens-les répandre dans
mon sein... dans ce sein, brûlé de ton
amour...viens déchirer, si tu le veux,
ce cœur que tu crois coupable, et qu'enflamme toujours ta tendresse... oui, j'y
consens, anéantis des jours dont tu ne
crois plus l'hommage digne de toi ; mais
ne me laisse pas mourir dans l'affreuse
idée d'être soupçonnée... d'être mépri-
sée de mon époux... Pourquoi Urbain
n'existe-t-il plus ?... moins fourbe... peut-
être sa candeur ... Antonio que ne peux-
tu m'entendre, pourquoi les expressions
sont-elles enchaînées sur mes lèvres ?
pourquoi m'accuses-tu par préférence ?...
et qui doit t'aimer plus que moi ?

Mais Antonio n'entendait plus ces dernières paroles; entraîné par son père...
convaincu du crime de sa femme, il
va prononcer contre elle... il va, trop
malheureusement séduit, consentir au

malheur de la plus vertueuse et de la plus infortunée des créatures.

Mon fils, dit Charles, cette jeune personne ne m'a jamais trompé, j'ai reconnu la fourberie de son caractère dès les premiers jours de son hymen. Bien moins ennemi des Médicis que ton oncle, je songeais à finir les troubles qui nous divisent, et qui déchirent le sein de la patrie, en te donnant une des nièces de Côme... il est encore tems ; c'est un ange de beauté, de douceur et de vertus ; mais il faudrait deux choses impossibles à obtenir de toi, que tu renonçasses à la vaine ambition qui t'aveugle... que content d'être le second dans Florence, tu laissasses le trône aux Médicis, qui maintenant soutenus par l'empereur, le conserveront infailliblement, et que tu susses te venger du monstre qui t'outrage. — L'immoler... moi, mon père, immoler Laurence !... elle qui malgré son crime, semble m'aimer encore avec autant d'ardeur ! — Homme faible, des sentimens feints pour te mieux tromper, peuvent-ils t'en imposer toujours ? Si

E 3

Laurence t'aimait, t'aurait-elle trahi?—
La perfide, je ne lui pardonnerai de mes
jours!—Et dans ce cas peux-tu la laisser
vivre?- dois-je le souffrir moi-même?
puis-je permettre qu'une femme qui te
déshonore trouve un asile dans ma maison?.... et cette postérité que j'attends de
toi... que je desire, qui doit faire ma consolation... peux-tu t'y soustraire mon fils?..
il te faut une femme... il t'en faut une absolument, et ne pouvant en avoir deux, il
faut donc sacrifier celle qui t'outrage, à
celle de qui nous devons attendre notre
mutuel bonheur. Que la femme que tu
prendras soit le lien par lequel je voulais enchaîner la discorde et terminer
nos différens, ou qu'une autre te con-
vienne mieux, de toute manière, il te
faut une épouse; ce devoir irrésistible
est l'arrêt de Laurence. — Mais pou-
vons-nous prononcer seuls sur le sort
de cette coupable? Assurément, dit
Charles, il est inutile de publier notre
infamie; et d'ailleurs la politique des
princes sur cette matière, peut-elle jamais être celle des peuples? qu'espéres-

tu de Laurence aujourd'hui ? revient-on jamais à la vertu, quand on s'est précipité si jeune dans le vice ? elle ne vivrait que pour perpétuer ton déshonneur, que pour multiplier tes chagrins, que pour te rendre chaque jour la fable et le mépris de nos compatriotes... Si tu règnes, Antonio !.... éleveras-tu sur le trône de Florence celle qui souilla ton lit ? Pourras-tu présenter à l'hommage des peuples celle qui ne sera digne que de leur mépris ? Et cet amour que les sujets accordent si volontiers aux enfans de leur maître, oseras-tu l'exiger pour le résultat des honteux amours de ta perfide épouse ? Si les Florentins viennent à découvrir que l'enfant du Strozzi qu'ils auront couronné, n'est que le fruit illégitime de l'intempérance de sa mère, t'imagines-tu qu'ils en feront leur prince après toi ? Tu prépares dans tes états des discussions certaines, des révolutions inévitables, qui feront incessamment rentrer ta famille dans le néant, dont tu ne l'auras sorti qu'un jour. Ah ! renonce à tes pro-

jets d'ambition, si tu ne peux offrir au
peuple, sur lequel tu prétends régner,
une compagne qui en soit aussi digne
que toi ; mais que m'importent homme
lâche et crédule, que m'importent ta honte
et ta flétrissure ! languis, languis en paix
dans les fers où cette misérable te captive, aimes-là criminelle et coupable,
respecte-la, t'accablant de sa haine et
de son mépris... sois vil aux yeux de
toute l'Europe, mais bannis de ce cœur
faible l'ambition qu'en vain tu voudrais
allier avec tant de bassesse ; des sentimens de grandeur et de gloire peuvent-
ils naître dans une âme de boue ? Flé-
tris-toi seul au moins, n'exige point que
je partage ton déshonneur, n'imagine
pas de m'y envelopper, je saurai fuir
la présence d'un fils si peu digne de
moi... expirer loin d'une infamie qu'il
n'eut pas la force de venger.

De fausses larmes vinrent prêter encore plus d'énergie aux épouvantables
discours de Charles ; Antonio se laissa
convaincre.... Laurence n'était plus sous
ses yeux, tout la peignait infidelle ; il

signa son arrêt. Il fut convenu, entre le
père et le fils, que Camille serait chargé
du soin de plonger la coupable dans
l'éternelle nuit du tombeau ; on statua
que sa mort serait publiée comme le
fruit d'une maladie ; qu'Antonio irait
finir la campagne commencée sous les
ordres de son oncle, et qu'au retour, les
deux frères conviendraient d'un nouveau
mariage. Antonio aurait bien voulu voir
encore une fois sa malheureuse épouse
avant que de partir ; un mouvement
secret, dont il n'était pas maître, paraissait l'entraîner invinciblement vers cette
victime infortunée de la scélératesse de
Charles, mais il y résistait; son père avait
soin de ne pas le quitter, et de le raffer-
mir s'il chancelait. Antonio partit sans
voir Laurence, il s'éloigna fondant en
larmes.... tournant à chaque instant ses
yeux sur le triste château qui allait servir de cercueil à celle qu'il avait tant
aimée.... à celle qui était plus que jamais digne de tous les sentimens de son
cœur.

Eh bien ! Camille, dit Charles, dès

E 5

qu'il se vit certain du fruit de son forfait, elle nous appartient maintenant...
Ton imagination comprend elle ce qui
peut résulter de la situation où je la
place!... et l'art avec lequel je me suis
défait par les mains de mon fils, de ce
complice mal - adroit, qui ne pouvait
plus que me nuire, qu'en penses - tu?
Mais écoute-moi, Camille, et continue
de me servir avec le même zèle, si tu
veux jouir de la fortune certaine que je
t'assure; je ne veux pas devoir Laurence
à la force; ce triomphe est trop faible
pour mon cœur outragé, je veux la contraindre à me supplier d'être à elle....
je ne me rendrai qu'à ses instances, je
veux qu'elle m'en fasse.... Ecoute-moi,
Camille, je vais tout t'expliquer, tu vas
voir combien ton secours m'est encore
nécessaire. Laurence adore Antonio;
c'est par cet amour même que tu dois te
garder de détruire, que je vais l'obliger
à me tout accorder. Il faut nourrir l'espoir dans ce cœur tout de feu; ton soin
sera de l'embrâser sans cesse; nous allons
consigner Laurence dans une prison de

mon château..... l'arrêt de son mari, dirons-nous, la condamne à la mort, ce n'est que par pitié que nous l'y soustrayons. Laurence devant périr, trouvera ce sort doux, en comparaison de celui qui lui était destiné ; là, tu l'entretiendras sans cesse de la possibilité de calmer son mari, et de faire éclater un jour son innocence aux yeux d'Antonio ; tu t'excuseras de lui avoir servi de délatrice, tu te rejeteras sur ce que tu as été toi-même dupe de tout ; en un mot, tu tâcheras de regagner sa confiance..... elle ne verra que toi, cela ne sera pas difficile ; tu ne cesseras de m'offrir comme le seul conciliateur qui puisse jamais réussir à lui rendre un jour le repos qu'elle a perdu. Elle te fera part de mes prétentions sur elle : elle n'a pas osé les dire à son mari, elle te les avouera, Camille ; de ces aveux-là même, naîtront tes séductions ; eh bien ! diras-tu, voilà les moyens de briser vos fers, ne résistez point aux vues de Charles, enchaînez-les par l'attrait des plaisirs, et ne doutez pas qu'un jour lui-même ne conduise Antonio à vos genoux ; tu attiseras sur-tout cette flamme dont elle brûle pour son mari, tu lui proposeras de te charger de ses lettres, tu modéreras toujours, en un mot, avec art, et cet amour pour mon fils, et la soumission que j'exige d'elle ; de cette manière, mes vues seront remplies ; elle m'invoquera pour finir son supplice, elle m'accordera tout pour revoir Antonio, elle exigera même que je me satisfasse, afin de la rendre plutôt à son époux..... et voilà le but de mes desirs.

Camille, aussi pervertie que son maître, ne s'effraya nullement de ces exécrables desseins, ces monstrueux discours ne la firent point frémir.... Stupide et méchante créature, qui ne sentait pas que les armes qu'elle allait aiguiser pouvaient la percer elle-même, et qu'avec un scélérat comme Strozzi.... (elle venait de le voir).... le complice avait autant à craindre que la victime, elle ne le vit pas, ou ne l'apperçut que trop tard ; c'est une permission de la providence, que l'aveuglement qui accompagne toujours le crime, et cette sécurité de celui qui s'y livre, devient l'arrêt du ciel, qui venge la nature.

Une prison est aussi-tôt préparée pour Laurence; Camille voulait qu'elle fût affreuse, Charles s'y oppose. Non, dit-il, ménageons nos coups par politique, ne frappons les plus forts qu'au besoin; je veux que Laurence trouve dans sa cellule tous les meubles qui peuvent adoucir sa situation, elle y sera splendidement servie, rien ne lui manquera.

Tout étant prêt dès le même soir, Strozzi, qui brûle d'être assuré de sa conquête, entre chez sa belle-fille, et lui déclare qu'il est muni de l'ordre de son mari de la faire mourir dans un bain.

— Dans un bain, seigneur?... ce supplice est-il bien affreux? — C'est le moins douloureux de tous. — Oh! qu'importe, qu'importe, je n'ai plus de malheur à craindre, je n'ai plus de tourmens à redouter; la perte du cœur d'Antonio était le seul qui pût m'anéantir, je l'ai éprouvé dans toute son horreur; la vie m'est indifférente aujourd'hui, je

consens à la perdre.... Mais vous qui
connaissiez aussi-bien mon innocence,
d'où vient qu'il vous a plu de m'accuser.... de me couvrir de calomnies?
pourquoi donc avez-vous souffert les
atrocités de Camille? — Dès que vous
eûtes connu mes desirs, que vous leur
eûtes résisté avec tant de rigueur, pûtes-
vous imaginer un instant que ma vengeance ne vous écraserait pas? — Vous
me trompâtes donc bien cruellement,
quand vous m'assurâtes que vos épreuves
n'étaient que des piéges à ma vertu, dont
le lustre ressortait avec plus d'éclat? —
Ces récriminations deviennent super-
flues, il faut céder à votre étoile. —
Ainsi donc je suis votre victime ! C'est
donc vous seul qui me sacrifiez.... vous
dont j'attendais des secours dans mes
jeunes ans, vous qui deviez assurer mes
pas dans le sentier de la sagesse, vous
qui deviez me tenir lieu du tendre père
que m'ont ravi mes malheurs.... c'est
vous, cruel, qui, parce que je n'ai plus
d'appui dans le monde, qui, parce que
je n'ai pas voulu céder au crime, allez

barbarement trancher mes tristes jours....
(et poursuivant avec des larmes), hélas!
j'aurai bien peu vécu sans doute.... assez
pourtant pour connaître les hommes et
pour détester leurs horreurs.... O! mon
père, mon père, daignez sortir du sein
des morts.... que mes accens plaintifs
puissent ranimer vos cendres, venez pro-
téger encore une fois votre malheureuse
Laurence.... venez la contempler sur le
bord du cercueil, où tous les crimes
réunis contre elle, la font descendre au
printemps de ses jours.... vous l'éleviez,
disiez-vous, pour s'asseoir sur un des plus
beaux trônes de l'Italie, et vous n'avez
fait que la vendre à des bourreaux. —
Un moyen s'offre encore, pour vous
sauver de l'infortune. — Un moyen, quel
est-il? — Vous ne m'entendez pas, Laurence? — Ah! beaucoup trop, seigneur...
mais n'espérez rien de l'état où vous me
réduisez..... non, n'en attendez rien,
Strozzi; je mourrai pure et innocente....
digne de toi, mon cher Antonio; cette
idée me console, et j'aime mille fois
mieux la mort à ce prix, qu'une vie in-

fâme, qui m'avilirait à tes yeux. — Eh bien, Laurence, il faut me suivre. — Ne pourrais-je pas jouir des derniers adieux de mon époux ?.... Pourquoi n'est-ce pas lui qui me donne la mort ? elle serait moins affreuse pour moi, si je la recevais de sa main. — Il n'est plus ici. — Il est parti... sans me voir... sans écouter ma justification..... sans me permettre d'embrasser ses genoux !..... il est parti me croyant coupable..... ô Charles..... Charles, vous n'avez plus la possibilité d'un tourment qui puisse déchirer mon cœur avec autant de furie.... frappez.... frappez, sans crainte, Antonio me méprise..... je n'ai plus que la mort à desirer, je la demande, je l'exige.... c'est au linceul à recevoir mes larmes, c'est à la tombe à les engloutir ;..... (et après un accès de douleur affreux).... seigneur, continua cette infortunée, me sera-t-il permis d'avoir au moins en expirant le portrait d'Antonio sous mes yeux ?... Ce portrait peint par Raphaël, dans des temps plus heureux pour moi.... cette image chérie que j'adore, et qui me rend aussi bien ses traits..... pourrai-je fixer mes derniers regards sur elle, et mourir en l'idolâtrant?—Ni ce portrait, ni la vie ne vous seront enlevés, Laurence, je vous dis qu'il faut me suivre, mais non pas à la mort. — Que ce soit au trépas, plutôt qu'à l'infamie, seigneur; souvenez-vous que je préfère la mort aux traitemens indignes que vous me destinez, sans doute. Entrez, Camille, dit Charles avec tranquillité, entrez, et conduisez vous même votre maîtresse dans l'appartement qui lui est destiné, puisque sa défiance de moi, est encore plus affreuse, au moment même où je lui sauve la vie.

Laurence suivit Camille, et ne vit pas sans étonnement le nouveau séjour qu'on lui destinait..... Que veut-on faire de moi, s'écrie-t-elle, et pourquoi m'enfermer? Je suis innocente ou coupable, je ne mérite rien dans le premier cas; dans le second, je suis un monstre qu'il ne faut pas laisser vivre un instant. Que cette indulgence ne vous étonne, ni ne vous afflige, madame, répondit la duegne; je

ne la vois que comme un augure très-
favorable pour vous ; Charles devenu le
maître de votre destinée, Charles, qu'Antonio avait supplié de vous donner la
mort, n'imagine ce moyen sans doute,
que pour adoucir votre époux !..... que
pour vous donner le temps de faire éclater votre innocence, et vous remettre
ensuite avec lui. — Ce ne sont point là
les desseins de Charles,... et qu'elle confiance puis-je prendre d'ailleurs, en
celle qui les interprète....... en celle
qui n'a payé mes bontés pour elle que par
d'affreux mensonges et des calomnies.
Perfide créature, toi seule es la cause de
mes maux ;.... ce n'est qu'à toi seule que
je dois ma perte ;.... quelles horreurs ne
sont pas sorties de ta bouche ! comment
as-tu pu agir aussi indignement avec
moi ? — J'ai pu être trompée moi-même
dans beaucoup de choses, madame, tout
ceci est une énigme qu'il n'appartient
qu'au temps de résoudre ; que l'avenir
seul vous occupe, songez que vous pouvez beaucoup, que vos jours, votre bonheur... que tout est en votre puissance....

songez-y.... vous aimez Antonio, vous
pouvez le revoir.... ô Laurence, Laurence! je n'en puis dire davantage: adieu,

Laurence très-agitée, passa huit jours
dans cette situation, sans entendre
parler ni de Camille, ni de son beau-
père; elle était servie par un vieillard
qui ne la laissait manquer de rien, mais
duquel il était impossible de tirer aucune sorte d'éclaircissemens. Son état
fut cruel pendant cette première partie
de ses malheurs; la crainte, l'inquiétude.... le désespoir sur-tout, de ne plus
se trouver peut être à même de prouver
son innocence; le regret (à tel prix que
cela eut pu être) de ne l'avoir pas fait
éclater assez quand elle le pouvait, et
d'avoir été contenue par des considéra-
tions trop délicates pour que le barbare
qui la sacrifiait eût pu les sentir, tels
étaient les sentimens confus qui la dé-
chiraient tour-à-tour, tel était le cahos
d'idées où flottait son imagination; l'infortunée se noyait dans ses larmes, elle
les faisait couler avec une joie amère,
sur ce portrait charmant d'un époux trop

crédule, trop prompt à l'accuser, et qu'elle n'adorait pas moins.

Comme rien encore ne lui était refusé, elle profita, dans des momens de calme, de ses talens pour adoucir ses maux; elle fit de sa main la copie de ce portrait si cher, et transcrivit de son sang au bas, ces vers que Pétrarque, son auteur favori, avait fait pour celui de Laure (1).

Però che'n vista ella (*) si mostra umile,
Prommettendomi pace nell' aspetto
Ma poi ch'i' vengo a ragionar con lei,
Benignamente assai par che m'ascolte;
Se risponder savesse a' detti miei.
Pigmalion, quanto lodar ti dei
Dell' immagine tua se mille volte
N'avesti quel ch'i' sol' una vorrei !

PÉTR., Son. 57.

(*) Ce féminin a rapport à l'image, et non pas à Laure à qui s'adressait Pétrarque ; on n'a rien voulu changer au texte.

———————————

(1) Ce portrait de la belle Laure fut fait par le célèbre Simon de Sienne, élève du Giotto, que l'on peut regarder après le Cimabué comme le restaurateur de la peinture à Florence ; ils furent l'un et l'autre les premiers qui firent refleurir en Italie cet art,

Camille parut le neuvième jour, et trouva sa maîtresse dans un grand abattement; elle lui fit sentir avec toute l'adresse dont sa fausseté la rendait susceptible, que le seul moyen qui put lui rester de rompre ses fers et d'être rendue à son mari, était de céder aux desirs de Charles : que ses titres vis-à-vis de vous, ne vous effrayent point madame, conti-

---

inconnu depuis les beaux siècles de Rome. Simon, pour plaire à son ami Pétrarque, multiplia beaucoup les portraits de Laure; il la peignit à Avignon, dans l'église de Notre-Dame de Dons, elle y est représentée vêtue de vert et délivrée du dragon, par Saint-Georges. On la voit également à Florence, dans l'église de Santa-Maria-Novella, une petite flamme lui sort de la poitrine; elle est de même vêtue de vert, avec des fleurs mêlées dans sa robe, et au nombre des femmes représentant les voluptés de ce monde. Simon la peignit encore à Sienne; là elle est en vierge, et c'est ce qui fit dire à quelques imbéciles, que l'objet célébré par Pétrarque était la Sainte-Vierge, mensonge absurde, suffisamment détruit de nos jours; ce n'était pas la Vierge que célébrait Pétrarque, mais Laure sous les traits de la Vierge.

nuait cette siréne, ce crime n'existe que
par le mélange du même sang; mais ce
ne sont ici que des liens de convention,
vous ne tenez à Charles que par alliance.
Ah! croyez-moi, ne balancez point, vous
connaissez Charles, il n'est que trop certain qu'Antonio l'a laissé maître de vos
jours, et je ne vous réponds pas des effets
de sa vengeance, si vous continuez à
l'irriter par des refus.

Mais aucun sophisme ne réussit; ces
indignes propos révoltèrent Laurence,
elle brava toutes les menaces, et rien ne
put la déterminer. Camille, répondait
en pleurant la jeune épouse de Strozzi,
vous m'avez assez plongé dans le malheur, ne cherchez pas à m'y engloutir.
De tous les fléaux qui m'écrasent, le
plus affreux pour moi, serait de manquer à mon époux; non, Camille, non je
ne conserverai point mes jours au prix
d'un pareil crime. De toute façon il faut
que je périsse, mon arrêt est prononcé, je
ne le sens que trop, la mort ne sera rien
pour moi, si je la reçois innocente, elle
me serait horrible, si j'étais coupable. —

Vous ne mourrez pas Laurence ..... vous ne mourrez pas, je vous le jure, si vous accordez à Charles ce qu'il exige de vous ; je ne vous reponds de rien sans cela. — Eh bien ! à supposer que je fusse assez faible pour céder à tes odieuses instances, et que je payasse ma liberté de mon honneur, t'imagines-tu malgré tes affreux raisonnemens, que j'oserais m'offrir à mon époux, souillée d'un crime aussi abominable... En venant d'être la maîtresse du père, aurais-je le front de devenir la femme du fils? Crois-tu que cette horreur serait long-temps ignorée de lui; fussai-je même parvenue à vaincre toutes mes répugnances, de quel œil me verrait Antonio, quand il aurait su mon ignominie? Non, non, encore une fois Camille, j'aime mieux mourir honorée de lui, que de m'y conserver par une action faite pour mériter son mépris; c'est le cœur, c'est l'estime de mon époux qui font le charme de ma vie, toute la douceur en serait troublee, si je n'étais plus digne de l'un et de l'autre; dut-il même ignorer ce que j'aurais fait d'affreux pour me rendre à lui,

le trouble horrible de ma conscience ne
me laisserait pas goûter un seul instant
de calme, j'expirerais de même et dans
un désespoir dont il aurait bientôt connu
la source.

Ce ne fut pas sans d'affreux accès de
fureur que Charles apprit le peu de succès
des sollicitations de Camille; les obstacles
conduisent à la cruauté dans une âme
comme celle de Strozzi. Allons, dit
Charles, changeons de route, ce que je
n'obtiens pas de la ruse ... des tourmens
me le vaudront peut-être; l'espoir la soutient, ses chimères la consolent, il faut
en la traitant avec sévérité, anéantir
toutes ses illusions ... elle me détestera,
que m'importe.... elle me hait déjà....
Camille il faut la mettre dans une prison
plus affreuse, il faut lui ôter toutes les
douceurs dont elle jouit maintenant, lui
arracher sur-tout ce portrait où elle puise
les forces qui l'engagent à me résister,
qui la console et la fortifie dans ses
maux ...il faut lui rendre enfin sa situation si funeste, doubler tellement le

poids

poids de ses fers, qu'elle y succombe, où qu'elle m'implore.

La cruelle Camille exécute sur-le-champ les ordres de son maître, on traîne Laurence dans une chambre où pénètrent à peine les rayons du soleil, elle y est revêtue d'une robe noire; on lui annonce qu'on n'entrera chez elle que tous les trois jours pour lui porter une nourriture bien inférieure à celle qu'elle a eue jusqu'alors. Ses livres, sa musique, les moyens de tracer ses idées, tout lui est ravi cruellement; mais quand Camille demande le portrait, quand elle veut l'enlever des mains de sa maîtresse, Laurence pousse des cris effrayans vers le Ciel — non, dit-elle, non, ne m'ôtez pas ce qui peut calmer mon sort, au nom de Dieu, ne me l'arrachez pas, prenez mes jours, vous en êtes les maîtres, mais que j'expire au moins sur ce portrait chéri, mon unique consolation est de lui parler,.. de le baigner à chaque instant de mes larmes... Ah! ne me privez pas du seul bien qui me reste... je lui peins mes maux, il m'entend... son doux regard les adou-

Tome III.   F

cit, je le pénètre de mon innocence, il la croit, un jour rendu à mon époux, il lui dira ce que j'ai souffert, à qui m'adresserais-je si je ne l'avais plus....ô Camille ne m'enlevez pas ce trésor.

Les ordres étaient précis, il fallut les exécuter; le portrait s'arrache de force, et Laurence s'évanouit. Tel est l'instant où Charles ose venir contempler sa victime ...la perfide, s'écrie-t-il, en tenant dans ses mains le portrait qu'on vient de lui remettre ... le voilà donc l'objet qui captive son cœur ... qui l'empêche de se rendre à moi, et jetant au loin ce bijou; mais que dis - je, hélas! que fais - je Camille? Sera-ce en la tourmentant que je pourrai fléchir sa haine?... Comme elle est belle ...et comme je l'idolâtre.... ouvre les yeux Laurence, ose croire un moment ton époux à tes pieds, laisse-moi jouir de l'illusion ... Camille, pourquoi ne saisirais - je pas cet instant?.... qui empêche?...Non, non je veux exciter son courroux encore mieux, ne pouvant allumer son amour. Elle ne serait pas assez malheureuse, si je n'en triomphais que dans les bras du sommeil.

Charles se retire ; Camille à force de soins ranime les sens de sa maîtresse, et l'abandonne à ses réflexions.

Quand Laurence voit Camille entrer le troisième jour ensuite, elle étend les bras vers cette furie, elle la conjure d'obtenir sa mort ; pourquoi veut-on me conserver plus long-temps dit-elle, puisqu'il est sûr que je n'accorderai jamais ce qu'on exige de moi ? Qu'on abrège mes jours, je le demande avec instance ; où surmontant à la fin les principes de religion qui m'ont retenus jusqu'ici, je me détruirai certainement moi-même ; mes maux sont trop affreux pour que je puisse les endurer plus long-temps ; dites à Charles qui se plaît à me faire souffrir, que le bonheur qu'il goûte est prêt à s'éteindre, que je le supplie de m'en sacrifier les derniers instans, en me plongeant tout de suite au tombeau.

Camille ne répond que par de nouvelles séductions ; il n'est rien qu'elle ne

mette encore en usage ; elle développe
près de sa jeune maîtresse la plus adroite
éloquence du crime, mais sans réussir ;
Laurence persiste à demander la mort,
et seulement quelques secours religieux,
si l'on veut les lui accorder. Charles prévenu par Camille, ose rentrer dans ce
lieu d'horreur. Plus de pitié, dit-il à sa
victime, mais apprends que tu ne périras pas seule ; il est là ton indigne époux,
et le sort qui l'attend, est le même que
celui qui va t'arracher la vie, sa mort
précédera la tienne ; adieu, tu n'as plus
qu'un instant à vivre... il se retire.

Dès que Laurence est seule, elle se
livre aux égaremens les plus affreux ....
Cher époux, s'écrie-t-elle, tu mourras,
mon bourreau me l'a dit ; mais ce sera
du moins près de moi... tu sauras peut-
être que j'étais faussement accusée ; nous
volerons ensemble aux pieds d'un Dieu
qui nous vengera ; si le bonheur n'a pu
luire à nos yeux sur la terre, nous le
retrouverons dans le sein de ce Dieu
juste, toujours ouvert aux malheureux...
Tu m'aimes, Antonio, tu m'aimes en-

core, j'ai toujours dans mon cœur ces derniers regards que tu daignas jeter sur moi quand tu t'arrachas de mes bras ... On t'aveuglait, on te séduisait, Antonio, je te pardonne ; puis-je entrevoir tes torts quand mon âme s'occupe de toi; elle sera pure cette âme, elle sera digne de la tienne, je ne me serai point conservée par un forfait horrible, je n'aurai pas mérité ton mépris... mais s'il était vrai que tes jours fussent au prix du crime qu'on exige... s'il était vrai que je pusse te sauver en cédant... Non, tu ne le voudrais pas, Antonio, la mort t'effrayerait moins que l'infidélité de ta Laurence... Ah ! renonçons ensemble à ces liens terrestres qui ne nous captivent que sur un océan de douleurs, brisons-les puisqu'il le faut, et périssons tous deux au sein de la vertu. Cette infortunée se jette à terre après cette invocation, elle y reste... elle y demeure inanimée, jusqu'à l'instant où son cachot se r'ouvre.

Cet intervalle avait été rempli par un événement singulier; Charles s'était déterminé à deux crimes à-la-fois, à celui de ne pas attendre plus long-tems pour consommer ses projets sur l'épouse de son fils, que la force allait lui soumettre, puisqu'il lui devenait impossible de réussir autrement ; et à celui d'ensevelir la mémoire de toutes ses horreurs en se débarrassant du deuxième complice qui le servait. Il avait empoisonné Camille ; mais cette nouvelle victime n'avait pas plutôt senti les atteintes du venin, que le remords était venu la déchirer ; profitant de ses dernières forces, elle s'était hâté d'écrire à Antonio : elle lui dévoilait les trames de son père, lui demandait pardon d'avoir aidé à les ourdir, lui apprenait que Laurence respirait encore, qu'elle était innocente, et lui conseillait de ne pas perdre un instant pour venir l'arracher aux flétrissures et à la mort qui l'attendait inévitablement. Camille avait trouvé le secret de faire passer sa lettre au camp de Louis, et n'était venu s'étendre sur son lit de mort qu'après avoir calmé sa conscience par cette démarche ; Charles qui l'ignore, n'en suit pas moins ses desseins; il se prépare à les exécuter.

Il est nuit; le scélérat une lampe à la main, pénètre dans le cachot de sa fille, Laurence est à terre, elle y est étendue presque sans vie; voilà l'objet... l'objet de la plus tendre compassion sur lequel ce monstre ose soupçonner d'exécrables plaisirs... il contemple cette infortunée...; mais le ciel est las de ses crimes, tel est l'instant qu'il choisit enfin pour poser un terme aux exécrations de cette bête farouche... Un bruit affreux se fait entendre... c'est Louis... c'est Antonio, tous deux se précipitent sur ce criminel; Louis veut le poignarder, Antonio détourne le fer qui menace la vie de l'auteur de ses jours, laissons-le vivre, dit le généreux Antonio, voilà celle qui m'est chère, et je la retrouve innocente, laissons exister son bourreau, il sera bien plus malheureux que si nous lui ravissions le jour. J'en suis assez pénétré pour ne pas vous laisser cette jouissance, dit le féroce Charles en se poignardant lui même.... O mon père, s'é-

cria Antonio, voulant garantir encore
une fois la vie de cet infortuné. Non,
laisse-le, dit Louis, voilà comme devraient périr tous les traîtres; celui-ci
n'eût vécu que pour redevenir encore
l'horreur du monde et de sa famille,
qu'il retourne aux enfers, dont il ne s'é-
chappa que pour notre malheur, qu'il
y retourne effrayer, s'il se peut, les
ombres du Stix, par l'affreux récit de
ses crimes, qu'il en soit repoussé comme
il l'est de nous; c'est le dernier tourment
que je lui souhaite.

Laurence est enlevée de son cachot...
à peine peut-elle suffire à la surprise
d'un tel événement. Des larmes, dans
les bras de son cher époux, deviennent
les seules expressions qui lui soient permises, dans l'état violent où elle se
trouve.

Des embrassemens, des félicitations lui
font bientôt oublier ses malheurs, et ce
qui les efface entièrement de son âme innocente et pure, c'est la félicité qui l'entoure... c'est le bonheur que répandit sur
elle ce vertueux époux, pendant les

quarante années que la Toscane put jouir
de l'orgueil de posséder encore dans son
sein une femme, à la-fois si belle, si
vertueuse, et si digne à tant de titres, de
l'amour, du respect, et de la vénération
des hommes.

NOTE.

C'est peut-être faire quelque plaisir aux amateurs de
la poésie italienne, que de rétablir en entier ici le
57e. sonnet de Pétrarque, dont nous n'avions pu
adapter que la moitié à notre sujet; on y verra que
les premiers vers de ce sonnet prouvent la vérité de
la note placée au bas; c'était à l'occasion de ce sonnet
que le Vasari disait :

« Quel bonheur pour un peintre, quand il peut se
» rencontrer avec un grand poëte ; il lui fera un petit
» portrait qui ne durera qu'un certain nombre d'an-
» nées, parce que la peinture est sujette à toute sorte
» d'accidens, et il aura pour récompense des vers qui
» dureront toujours, parce que le temps n'a point de
» prise sur eux; Simon fut fort heureux de trouver
» Pétrarque à Avignon. Un portrait de Laure lui a
» valu deux sonnets qui le rend ont immortel, ce que
» toutes ses peintures n'auraient pu faire ».

Et voilà comme dans le siècle de la renaissance des
arts, ceux qui les cultivaient, savaient établir entre
eux une juste hiérarchie et se rendre une mutuelle
justice ; trouverait-on cette bonne-foi.... cette précieuse candeur aujourd'hui ?

Voici le sonnet dont il s'agit, avec une traduction
littérale en vers français ; elle est bien loin d'atteindre
à son original ; mais les gens de lettres savent que la
poésie italienne ne se traduit point.

F 5

SONNET.

Quando ginnse a Simon l'alto concerto
Ch'a mio nome gli pose in man lo stile;
S'avesse dato all' opera gentile
Con la figura voce, ed intellecto;
Di sospir molti mi s gombrava il petto:
Che cio altri han più caro, a me fan vile:

Pero ch'a vista ella si mostra umile,
Promettendomi pace nell' aspetto
Ma poi ch' i' vengo a raggionare con lei;
Benignamente assai par che m'ascolte
Sé risponder s'avesse a' detti miei.
Pigmalion, quanto lodar' ti dei
Dell' imagine tua, se mille volte
N' avesti quel ch'i' sol' una vorrei:

Traduction.

Lorsque Simon à ma prière,
Fit ce portrait si ressemblant;
A cette image qui m'est chère,
S'il eût donné la voix, le sentiment,
Ah! qu'il m'eût épargné de soupirs et de larmes!
Laure dans ce portrait déployant mille charmes,
Me traite avec douceur et m'annonce la paix:
Si j'ose lui parler, je crois voir dans ses traits,
Qu'elle est sensible à mes alarmes;
Pour me répondre, hélas! il lui manque la voix.
Heureux Pigmalion! tu reçus mille fois,
Cette faveur de ton ouvrage,
Qu'une seule fois je voudrais
Obtenir de ma chère image. (1)

_____

(1) Mémoires pour la vie de Pétrarque, tome 1,
page 400.

ERNESTINE,

NOUVELLE SUÉDOISE.

Après l'Italie, l'Angleterre et la Russie, peu de pays en Europe me paraissaient aussi curieux que la Suède; mais si mon imagination s'allumait au desir de voir les contrées célèbres dont sortirent autrefois les Alaric, les Attila, les Théodoric, tous ces héros enfin qui, suivis d'une foule innombrable de soldats, surent apprécier l'aigle impérieux dont les ailes aspiraient à couvrir le monde, et faire trembler les Romains aux portes même de leur capitale; si d'autre part mon âme brûlait du desir de s'enflammer dans la patrie des Gustave-Vasa, des Christine et des Charles XII.... tous trois fameux dans un genre bien

F 6

différens sans doute, puisque l'un (1) s'illustra par cette philosophie rare et précieuse dans un souverain, par cette prudence estimable qui fait fouler aux pieds les systêmes religieux, quand ils contrarient et l'autorité du gouvernement, à laquelle ils doivent être subordonnés, et le bonheur des peuples, unique objet de la législation: la seconde par cette grandeur d'âme, qui fait préférer la solitude et les lettres au vain éclat du trône.... et le troisième par ces vertus héroïques, qui lui méritèrent à jamais le surnom d'Alexandre; si tous ces différens objets m'animaient, dis-je, combien ne desirais-je pas avec plus d'ardeur encore, d'admirer ce peuple sage, vertueux, sobre et magnanime,

---

(1) Gustave Vasa, ayant vu que le clergé romain naturellement despote et séditieux, empiétait sur l'autorité royale, et ruinait le peuple par ses vexations ordinaires, quand on ne le morigine pas, introduisit le luthérianisme en Suède, après avoir fait rendre au peuple les biens immenses que lui avaient dérobés les prêtres.

qu'on peut appeller le modèle du nord.

Ce fut dans cette intention que je partis de Paris le 20 juillet 1774, et après avoir traversé la Hollande, la Westphalie et le Dannemark, j'arrivai en Suède vers le milieu de l'année suivante.

Au bout d'un séjour de trois mois à Stockholm, mon premier objet de curiosité se porta sur ces fameuses mines, dont j'avais tant lu de descriptions, et dans lesquelles j'imaginais rencontrer peut-être quelques aventures semblables à celles que nous rapporte l'abbé Prévot, dans le premier volume de ses anecdotes; j'y réussis.... mais quelle différence!...

Je me rendis donc d'abord à Upsal, située sur le fleuve de Fyris, et qui partage cette ville en deux. Long-temps la capitale de la Suède, Upsal en est encore aujourd'hui la ville la plus importante, après Stockholm. Après y avoir séjourné trois semaines, je me rendis à Falhum, ancien berceau des Scythes, dont ces habitans de la capitale de la Dalécarlie conservent encore les mœurs et le costume. Au sortir de Falhum, je gagnai la

mine de Taperg, l'une des plus considérables de la Suède.

Ces mines, long-temps la plus grande
ressource de l'état, tombèrent bientôt
dans la dépendance des Anglais, à cause
des dettes contractées par les proprié-
taires avec cette nation, toujours prête
à servir ceux qu'elle imagine pouvoir
engloutir un jour, après avoir dérangé
leur commerce ou flétri leur puissance,
au moyen de ses prêts usuraires.

Arrivé à Taperg, mon imagination
travailla avant que de descendre dans
ces souterrains, où le luxe et l'avarice
de quelques hommes savent en engloutir
tant d'autres.

Nouvellement revenu d'Italie, je me
figurais d'abord que ces carrières devaient ressembler aux catacombes de
Rome ou de Naples; je me trompais;
avec beaucoup plus de profondeur, j'y
devais trouver une solitude moins ef-
frayante.

On m'avait donné à Upsal un homme
fort instruit pour me conduire, cultivant
les lettres et les connaissant bien. Heu-

reusement pour moi, Falkeneim (c'était
son nom) parlait on ne saurait mieux
l'allemand et l'anglais, seuls idiômes du
nord, par lesquels je pus correspondre
avec lui; au moyen de la première de
ces langues, que nous préférâmes l'un
et l'autre, nous pûmes converser sur
tous les objets, et il me devint facile
d'apprendre de lui l'anecdote, que je
vais incessamment rapporter.

A l'aide d'un panier et d'une corde,
machine disposée de façon à ce que le
trajet se fasse sans aucun danger, nous
arrivâmes au fond de cette mine, et nous
nous trouvâmes en un instant à cent-vingt
toises de la surface du sol. Ce ne fut pas
sans étonnement que je vis là, des rues,
des maisons, des temples, des auberges,
du mouvement, des travaux, de la police,
des juges, tout ce que peut offrir enfin
le bourg le plus civilisé de l'Europe.

Après avoir parcouru ces habitations
singulières, nous entrâmes dans une ta-
verne, où Falkeneim obtint de l'hôte
tout ce qu'il fallait pour se rafraîchir;
d'assez bonne bierre, du poisson sec, et

une sorte de pain, suédois fort en usage
à la campagne, fait avec les écorces du
sapin et du bouleau, mêlées à de la
paille, à quelques racines sauvages, et
paîtries avec de la farine d'avoine; en
faut-il plus pour satisfaire au véritable
besoin? Le philosophe qui court le monde
pour s'instruire, doit s'accommoder de
toutes les mœurs, de toutes les religions,
de tous les temps, de tous les climats, de
tous les lits, de toutes les nourritures,
et laisser au voluptueux indolent de la
capitale ses préjugés.... son luxe.... ce
luxe indécent qui, ne contentant jamais
les besoins réels, en crée chaque jour de
factices aux dépends de la fortune et de
la santé.

Nous étions sur la fin de notre repas
frugal, lorsqu'un des ouvriers de la mine,
en veste et culotte bleues, le chef couvert d'une mauvaise petite perruque
blonde, vint saluer Falkeneim en suédois; mon guide ayant répondu en allemand par politesse pour moi, le prisonnier (car ç'en était un) s'entretint aussi-
tôt dans cette langue. Ce malheureux

voyant que le procédé n'avait que moi pour objet, et croyant reconnaître ma patrie, me fit un compliment français, qu'il débita très-correctement, puis il s'informa de Falkeneim, s'il y avait quelques nouvelles à Stockholm; il nomma plusieurs personnes de la cour, parla du roi, et tout cela avec une sorte d'aisance et de liberté qui me le firent considérer avec plus d'attention. Il demanda à Falkeneim s'il n'imaginait pas qu'il y eût un jour quelque rémission pour lui, à quoi mon conducteur lui répondit d'une façon négative, en lui serrant la main avec affliction; aussi-tôt le prisonnier s'éloigna, le chagrin dans les yeux, et sans vouloir rien accepter de nos mets, quelques instances que nous lui en fissions. Un instant après il revint, et demanda à Falkeneim s'il voudrait bien se charger d'une lettre qu'il allait se presser d'écrire; mon compagnon promit tout, et le prisonnier sortit.

Dès qu'il fut dehors; quel est cet homme, dis-je à Falkeneim? Un des premiers gentilshommes de Suède, me ré-

pondit-il. — Vous m'étonnez. — Il est
bien heureux d'être ici, cette tolérance
de notre souverain pourrait se comparer
à la générosité d'Auguste envers Cinna.
Cet homme que vous venez de voir, est
le comte Oxtiern, l'un des sénateurs le
plus contraire au roi dans la révolution
de 1772. (1) Il s'est rendu depuis que
tout est calme, coupable de crimes sans
exemple. Dès que les loix l'eurent condamné, le roi se ressouvenant de la haine
qu'il lui avait montré jadis, le fit venir,
et lui dit : « Comte, mes juges vous livrent
» à la mort... vous me proscrivites aussi
» il y a quelques années, c'est ce qui
» fait que je vous sauve la vie ; je veux
» vous faire voir que le cœur de celui
» que vous ne trouviez pas digne du
» trône, n'était pourtant pas sans vertu».
Oxtiern tombe aux pieds de Gustave,
en versant un torrent de larmes; je
voudrais qu'il me fût possible de vous

_____

(1) Il est bon de se rappeller ici, que dans cette
révolution le roi était du parti populaire, et que
les sénateurs étaient contre le peuple et le roi.

sauver tout-à-fait, dit le prince en le relevant, l'énormité de vos actions ne le
permet pas; je vous envoye aux mines,
vous ne serez pas heureux, mais au
moins vous existerez... retirez-vous; on
amena Oxtiern en ces lieux, vous venez
de l'y voir; partons, ajouta Falkeneim,
il est tard, nous prendrons sa lettre en
passant. O monsieur, dis-je alors à mon
guide, dussions-nous passer huit jours
ici, vous avez trop irrité ma curiosité,
je ne quitte point les entrailles de la
terre, que vous ne m'ayez appris le sujet qui y plonge à jamais ce malheureux;
quoique criminel, sa figure est intéressante; il n'a pas quarante ans cet
homme?... je voudrais le voir libre, il
peut redevenir honnête. — Honnête,
lui?... jamais... jamais. — De grâce,
monsieur, satisfaite-moi. — J'y consens,
reprit Falkeneim, aussi bien ce délai
lui donnera le temps de faire ses dé-
pêches; faisons lui dire de ne se point
presser, et passons dans cette chambre
du fond, nous y serons plus tranquilles
qu'au bord de la rue... je suis pourtant

fâché de vous apprendre ces choses, elles
nuiront au sentiment de pitié que ce
scélérat vous inspire, j'aimerais mieux
qu'il n'en perdît rien, et que vous res-
tassiez dans l'ignorance. Monsieur, dis-je
à Falkeneim, les fautes de l'homme
m'apprennent à le connaître, je ne voyage
que pour l'étudier; plus il s'est écarté
des digues que lui imposent les loix ou
la nature, plus son étude est intéressante,
et plus il est digne de mon examen et
de ma compassion. La vertu n'a besoin
que de culte, sa carrière est celle du
bonheur... elle doit l'être, mille bras
s'ouvrent pour recevoir ses sectateurs,
si l'adversité les poursuit. Mais tout le
monde abandonne le coupable... on
rougit de lui tenir, ou de lui donner des
larmes, la contagion effraye, il est pros-
crit de tous les cœurs, et on accable
par orgueil, celui qu'on devrait secou-
rir par humanité. Où donc peut être,
monsieur, un mortel plus intéressant,
que celui, qui du faîte des grandeurs,
est tombé tout-à-coup dans un abîme
de maux, qui né pour les faveurs de la

fortune, n'en éprouve plus que les dis-
grâces... n'a plus autour de lui que les
calamités de l'indigence, et dans son
cœur que les pointes acérées du remords,
ou les serpens du désespoir? Celui-là
seul, mon cher, est digne de ma pitié;
je ne dirai point comme les sots... *c'est
sa faute*, ou comme les cœurs froids
qui veulent justifier leur endurcisse-
ment, *il est trop coupable*. Eh! que
m'importe ce qu'il a franchi, ce qu'il
a méprisé, ce qu'il a fait, il est homme,
il dut être faible... il est criminel, il est
malheureux, je le plains... Parlez Falkeneim, parlez, je brûle de vous entendre; et mon honnête ami prit la parole dans les termes suivans:

« Vers les premières années de ce siècle,
un gentilhomme de religion romaine, et
de nation Allemande, pour une affaire
qui était bien loin de le déshonorer,
fut obligé de fuir sa patrie; sachant
que quoique nous ayons abjuré les erreurs du papisme, elles sont néanmoins
tolérées dans nos provinces, il arriva à
Stockholm. Jeune et bien fait, aimant

le militaire, plein d'ardeur pour la gloire,
il plut à Charles XII, et eut l'honneur
de l'accompagner dans plusieurs de ses
expéditions; il était à la malheureuse
affaire de Pultava, suivit le roi dans
sa retraite de Bender, y partagea sa
détention chez le Turc, et repassa en
Suède avec lui. En 1718, lorsque l'état
perdit ce héros sous les murs de Frédé-
rikshall, en Norvége, Sanders (c'est le
nom du gentilhomme dont je vous parle)
avait obtenu le brevet de colonel, et
c'est en cette qualité qu'il se retira à
Nordkoping, ville de commerce, située
à quinze lieues de Stockholm, sur le canal qui joint le lac Véter, à la mer Bal-
tique, dans la province d'Ostrogothie.
Sanders se maria, et eut un fils que
Frédéric Ier. et Adolphe Frédéric, ac-
cueillirent de même; il s'avança par son
propre mérite, obtint le grade de son
père, et se retira, quoique jeune encore, également à Nordkoping, lieu de
sa naissance, où il épousa comme son
père, la fille d'un négociant peu riche,
et qui mourut douze années après avoir

mis au monde Ernestine, qui fait le sujet de cette anecdote. Il y a trois ans
que Sanders pouvait en avoir environ
quarante-deux, sa fille en avait seize
alors, et passait avec juste raison pour
une des plus belles créatures qu'on eût encore vu en Suède ; elle était grande, faite
à peindre ; l'air noble et fier, les plus
beaux yeux noirs, les plus vifs, de très-
grands cheveux de la même couleur,
qualité rare dans nos climats ; et malgré
cela, la peau la plus belle et la plus
blanche ; on lui trouvait un peu de res-
semblance avec la belle comtesse de
Sparre, l'illustre amie de notre savante
Christine, et cela était vrai.

La jeune Sanders n'était pas arrivée à
l'âge qu'elle avait, sans que son cœur
eût déjà fait un choix ; mais ayant souvent entendu dire à sa mère combien il
était cruel pour une jeune femme qui
adore son mari, d'en être à tout instant
séparée par les devoirs d'un état qui l'enchaîne, tantôt dans une ville, et tantôt
dans une autre, Ernestine avec l'appro-
bation de son père, s'était déterminée

en faveur du jeune Herman (1) de la
même religion qu'elle, et qui se desti-
nant au commerce, se formait à cet état
dans les comptoirs du sieur Scholtz, le
plus fameux négociant de Nordkoping,
et l'un des plus riches de la Suède.

Herman était d'une famille de ce
même état; mais il avait perdu ses parens
fort jeune, et son père en mourant l'a-
vait recommandé à Scholtz son ancien
associé; il habitait donc ce logis, et en
ayant mérité la confiance par sa sagesse et son assiduité, il était, quoiqu'il
n'eût encore que vingt-deux ans, à la
tête des fonds et des livres de cette maison, lorsque le chef mourut sans enfans. Le jeune Herman se trouva dès-
lors sous la dépendance de la veuve,
femme arrogante, impérieuse, et qui,
malgré toutes les recommandations de
son époux, relatives à Herman, parais-

---

(1) Il est essentiel de prévenir que toutes les
lettres se prononcent dans les noms du Nord,
que l'on ne dit point négligemment Herman,
Sander, Scholt, mais qu'il faut dire comme
s'il y avait Hermane, Sander-ce, Scholt-ce, etc.
                                            sait

sait très-résolue à se défaire de ce jeune homme, s'il ne répondait pas incessamment aux vues qu'elle avait formées sur lui. Herman absolument fait pour Ernestine, aussi bel homme pour le moins qu'elle était belle femme, l'adorant autant qu'il en était chéri, pouvait sans doute inspirer de l'amour à la veuve Scholtz, femme de quarante ans, et très-fraîche encore : mais ayant le cœur engagé, rien de plus simple qu'il ne répondît point à cette prévention de sa patrone, et que quoiqu'il se doutât de l'amour qu'elle avait pour lui, il affecta prudemment de ne s'en point appercevoir.

Cependant cette passion alarmait Ernestine Sanders ; elle connaissait madame Scholtz pour une femme hardie, entreprenante, d'un caractère jaloux, emporté ; une telle rivale l'inquiétait prodigieusement. Il s'en fallait bien d'ailleurs qu'elle fût pour Herman un aussi bon parti que la Scholtz, rien de la part du colonel Sanders, quelque chose à la vérité du côté de la mère ; mais cela pou-

vait-il se comparer à la fortune considérable que la Scholtz pouvait faire à son
jeune caissier?

Sanders approuvait le choix de sa
fille; n'ayant d'autre enfant qu'elle, il
l'adorait, et sachant qu'Herman avait du
bien, de l'intelligence, de la conduite,
et que de plus il possédait le cœur d'Ernestine, il était loin d'apporter obstacle
à un arrangement aussi convenable;
mais la fortune ne veut pas toujours ce
qui est bien. Il semble que son plaisir
soit de troubler les plus sages projets de
l'homme, afin qu'il puisse retirer de cette
inconséquence, des leçons faites, pour
lui apprendre à ne jamais compter sur
rien dans un monde, dont l'instabilité et
le désordre sont les loix les plus sûres.

Herman, dit un jour la veuve Scholtz
au jeune amant d'Ernestine, vous voilà
suffisamment formé dans le commerce
pour prendre un parti; les fonds que vos
parens vous laissèrent, ont, par les soins
de mon époux et les miens, profité
plus qu'il ne faut pour vous mettre maintenant à votre aise; prenez une maison,

mon ami, je veux me retirer bientôt,
nous ferons nos comptes au premier
moment. A vos ordres, madame, dit
Herman ; vous connaissez ma probité,
mon désintéressement, je suis aussi tranquille sur les fonds que vous avez à moi,
que vous devez l'être sur ceux que je
régis chez vous. — Mais, Herman, n'a-
vez-vous donc aucun projet d'établisse-
ment? — Je suis jeune encore, madame.
— Vous n'en êtes que plus propre à convenir à une femme sensée ; je suis certaine qu'il en est dont vous feriez bien sûrement le bonheur. — Je veux avoir une
fortune plus considérable avant que d'en
venir là. — Une femme vous aiderait à la
faire. — Quand je me marierai, je veux
qu'elle soit faite, afin de n'avoir plus à
m'occuper que de mon épouse et de mes
enfans. — C'est-à-dire qu'il n'est aucune
femme que vous ayez distinguée d'une
autre? — Il en est une dans le monde
que je chéris comme ma mère, et mes
services sont voués à celle-là, aussi long-
temps qu'elle daignera les accepter. —
— Je ne vous parle point de ces senti-

mens, mon ami, j'en suis reconnaissante ; mais ce ne sont pas ceux-là qu'il faut en mariage, Herman, je vous demande si vous n'avez pas en vue quelque personne avec laquelle vous vouliez partager votre sort ? — Non, madame. — Pourquoi donc toujours chez Sanders ? qu'allez-vous éternellement faire dans la maison de cet homme ? il est militaire, vous êtes commerçant ; voyez les gens de votre état, mon ami, et laissez ceux qui n'en sont pas. — Madame sait que je suis catholique, le colonel l'est aussi, nous nous réunissons pour prier.... pour aller ensemble aux chapelles qui nous sont permises. — Je n'ai jamais blâmé votre religion, quoique je n'en soie pas ; parfaitement convaincue de l'inutilité de toutes ces fadaises, de quelque genre qu'elles pussent être, vous savez, Herman, que je vous ai toujours laissé très-en paix sur cet article. — Eh bien ! madame, la religion.... voilà pourquoi je vais quelquefois chez le colonel. — Herman, il est une autre cause à ces visites fréquentes, et vous me la cachez ; vous aimez Ernes-

tine.... cette petite fille qui, selon moi,
n'a ni figure ni esprit, quoique toute la
ville en parle comme d'une des mer-
veilles de la Suède.... oui, Herman,
vous l'aimez.... vous l'aimez, vous dis-je,
je le sais. — Mademoiselle Ernestine
Sanders pense bien à moi, je crois,
madame.... sa naissance.... son état....
Savez-vous, madame, que son ayeul, le
colonel Sanders, ami de Charles XII,
était un très-bon gentilhomme de Westphalie. — Je le sais. — Eh bien ! madame, ce parti-là saurait-il donc me
convenir ? — Aussi vous assurai-je, Herman, qu'il ne vous convient nullement;
il vous faut une femme faite, une femme
qui pense à votre fortune, et qui la soigne,
une femme de mon âge et de mon état
en un mot. Herman rougit, il se détourne.... Comme dans ce moment on
apportait le thé, la conversation fut in-
terrompue, et Herman, après le déjeûner, va reprendre ses occupations.

O ! ma chère Ernestine, dit le lendemain Herman à la jeune Sanders, il n'est
que trop vrai que cette cruelle femme

a des vues sur moi, je n'en puis plus douter; vous connaissez son humeur, sa jalousie, son crédit dans la ville (1); Ernestine, je crains tout, et comme le colonel entrait, les deux amans lui firent part de leurs appréhensions.

Sanders était un ancien militaire, un homme de fort bon sens, qui ne se souciant pas de se faire des tracasseries dans la ville, et voyant bien que la protection qu'il accordait à Herman allait attirer contre lui la Scholtz et tous les amis de cette femme, crut devoir conseiller aux jeunes gens de céder aux circonstances; il fit entrevoir à Herman que la veuve dont il dépendait, devenait au fond un bien meilleur parti qu'Ernestine, et qu'à son âge, il devait estimer infiniment plus les richesses que la figure. Ce n'est pas, mon cher, continua le colonel, que je vous refuse ma fille.... je vous connais..

---

(1) Nordkoping est une ville absolument de commerce, où parconséquent une femme comme madame Scholtz à la tête d'une des plus riches maisons de la Suède, devait tenir le premier rang.

je vous estime, vous avez le cœur de celle que vous adorez, je consens donc à tout, sans doute, mais je serais désolé de vous avoir préparé des regrets ; vous êtes jeunes tous deux, on ne voit que l'amour à votre âge, on s'imagine qu'il doit nous faire vivre ; on se trompe, l'amour languit sans la richesse, et le choix qu'il a dirigé seul, est bientôt suivi de remords. Mon père, dit Ernestine, en se jetant aux pieds de Sanders.... respectable auteur de mes jours, ne m'enlevez pas l'espérance d'être à mon cher Herman, vous me promîtes sa main dès l'enfance.... cette idée fait toute ma joie, vous ne me l'arracheriez pas sans me causer la mort ; je me suis livrée à cet attachement, il est si doux de voir ses sentimens approuvés de son père ; Herman trouvera dans l'amour qu'il a pour moi, toute la force nécessaire à résister aux séductions de la Scholtz.... O ! mon père, ne nous abandonnez pas. Relève-toi, ma fille, dit le colonel, je t'aime.... je t'adore.... puisqu'Herman fait ton bonheur, et que vous vous convenez tous deux, ras-

G 4

sure-toi, chère fille, tu n'auras jamais
d'autre époux.... et dans le fait, il ne
doit rien à cette femme; la probité.... le
zèle d'Herman, l'acquittent du côté de la
reconnaissance, il n'est pas obligé de se
sacrifier pour lui plaire.... mais il faudrait tâcher de ne se brouiller avec personne.... Monsieur, dit Herman, en
pressant le colonel dans ses bras, vous
qui me permettez de vous nommer mon
père, que ne vous dois-je pas pour les promesses qui viennent d'émaner de votre
cœur?... oui, je mériterai ce que vous
faites pour moi; perpétuellement oc-
cupé de vous et de votre chère fille, les
plus doux instans de ma vie s'emploieront
à consoler votre vieillesse... mon père, ne
vous inquiétez pas... nous ne nous ferons
point d'ennemis, je n'ai contracté aucun
engagement avec la Scholtz; en lui rendant ses comptes dans le meilleur ordre,
et lui redemandant les miens, que peut-
elle dire?... Ah! mon ami, tu ne connais
pas les individus que tu prétends braver,
reprenait le colonel agité d'une sorte
d'inquiétude dont il n'était pas le maître;

il n'y a pas une seule espèce de crime qu'une méchante femme ne se permette quand il s'agit de venger ses charmes des dédains d'un amant; cette malheureuse fera retomber jusques sur nous, les traits envenimés de sa rage, et ce seront des cyprès qu'elle nous fera cueillir, Herman, au lieu des roses que tu espères.

Ernestine et celui qu'elle aimait, passèrent le reste du jour à tranquilliser Sanders, à détruire ses craintes, à lui promettre le bonheur, à lui en présenter sans cesse les douces images; rien n'est persuasif comme l'éloquence des amans, ils ont une logique du cœur que n'égala jamais celle de l'esprit. Herman soupa chez ses tendres amis, et se retira de bonne heure, l'âme enivrée d'espérance et de joie.

Environ trois mois se passèrent ainsi, sans que la veuve s'expliquât davantage, et sans qu'Herman osât prendre sur lui de proposer une séparation; le colonel faisait entendre au jeune homme que ces délais n'avaient aucun inconvénient; Ernestine était jeune, et son père n'était

pas fâché de réunir à la petite dot qu'elle
devait avoir, la succession d'une certaine
veuve Plorman, sa tante, qui demeurait
à Stockholm, et qui déjà d'un certain âge,
pouvait mourir à chaque instant.

Cependant la Scholtz impatiente, et
trop adroite pour ne pas démêler l'embarras de son jeune caissier, prit la parole la première, et lui demanda s'il avait
réfléchi sur ce qu'elle lui avait dit, la
dernière fois qu'ils avaient causé ensemble. Oui, répondit l'amant d'Ernestine, et si c'est d'une reddition de
compte et d'une séparation dont madame
veut parler, je suis à ses ordres.—Il me
semble, Herman, que ce n'était pas tout-
à-fait cela dont il s'agissait. — Et de
quoi donc, madame ? — Je vous deman-
dais si vous ne desiriez pas de vous établir, et si vous n'aviez pas fait choix
d'une femme qui pût vous aider à tenir
votre maison ? — Je croyais avoir répondu que je voulais une certaine fortune avant de me marier.—Vous l'avez
dit, Herman, mais je ne l'ai pas cru; et
dans ce moment-ci, toutes les impres-

sions de votre figure annoncent le mensonge dans votre âme.—Ah! jamais la fausseté ne la souilla, madame, et vous le savez bien. Je suis près de vous depuis mon enfance, vous avez daigné me tenir lieu de la mère que j'ai perdue, ne craignez point que ma reconnaissance puisse ou s'éteindre ou s'affaiblir.—Toujours de la reconnaissance, Herman, j'aurais voulu de vous un sentiment plus tendre.—Mais, madame, dépend-il de moi........—Traître, est-ce là ce qu'avaient mérité mes soins? ton ingratitude m'éclaire, je le vois.... je n'ai travaillé que pour un monstre...; je ne le cache plus, Herman, c'est à ta main que j'aspirais depuis que je suis veuve... l'ordre que j'ai mis dans tes affaires.... la façon dont j'ai fait fructifier tes fonds.... ma conduite envers toi..... mes yeux qui m'ont trahi sans doute, tout.... tout, perfide, tout te convainquait assez de ma passion, et voilà donc comme elle sera payée? par de l'indifférence et des mépris!.... Herman, tu ne connais pas la femme que tu outrages.... Non tu ne

sais pas de quoi elle est capable.... tu
l'apprendras peut-être trop tard.... Sors
à l'instant..... oui, sors.... prépare tes
comptes, Herman, je vais te rendre les
miens, et nous nous séparerons..... oui,
nous nous séparerons.... tu ne seras point
en peine d'un logement, la maison de
Sanders est déjà sans doute préparée
pour toi.

Les dispositions dans lesquelles paraissait madame Scholtz, firent aisément sentir à notre jeune amant, qu'il
était essentiel de cacher sa flamme, pour
ne pas attirer sur le colonel, le courroux
et la vengeance de cette créature dangereuse. Herman se contenta donc de
répondre avec douceur, que sa protectrice se trompait, et que le desir qu'il
avait de ne point se marier avant d'être
plus riche, n'annonçait assurément nul
projet sur la fille du colonel. Mon ami,
dit à cela madame Scholtz, je connais votre cœur comme vous-même; il
serait impossible que votre éloignement
pour moi fût aussi marqué, si vous ne
brûliez pas pour une autre; quoique je

ne sois plus de la première jeunesse, croyez-vous qu'il ne me reste pas encore assez d'attraits pour trouver un époux? Oui, Herman, oui, vous m'aimeriez sans cette créature que j'abhorre, et sur laquelle je me vengerai de vos dédains. Herman frémit.

Il s'en fallait bien que le colonel Sanders, peu à son aise, et retiré du service, eût autant de prépondérance dans Nordkoping que la veuve Scholtz; la considération de celle-ci s'étendait fort loin, pendant que l'autre déjà oublié n'était plus vu, parmi des hommes qui, en Suède comme partout, n'estiment les gens qu'en raison de leur faveur ou de leur richesse, n'était plus regardé, dis-je, que comme un simple particulier que le crédit et l'or pouvaient facilement écraser, et madame Scholtz, comme toutes les âmes basses, avait eu bientôt fait ce calcul.

Herman prit donc sur lui, bien plus encore qu'il n'avait fait; il se jeta aux genoux de madame Scholtz, il la conjura de s'appaiser, l'assura qu'il n'avait aucun sentiment dans le cœur qui pût nuire à ce qu'il devait à celle dont il avait reçu tant de biens, et qu'il la suppliait de ne point penser encore à cette séparation dont elle le menaçait. Dans l'état actuel où la Scholtz savait qu'était l'âme de ce jeune homme, il était difficile qu'elle pût en attendre mieux, elle espéra donc tout du temps, du pouvoir de ses charmes, et se calma.

Herman ne manqua point de faire part au colonel de cette dernière conversation, et cet homme sage redoutant toujours les tracasseries et le caractère dangereux de la Scholtz, essaya de persuader encore au jeune homme qu'il ferait mieux de céder aux intentions de sa patrone, que de persister pour Ernestine; mais les deux amans mirent en usage de nouveau tout ce qu'ils crurent de plus capable de rappeller au colonel les promesses qu'il leur avait faites, et pour l'engager à ne s'en jamais relâcher.

Il y avait environ six mois que les choses étaient en cet état, lorsque le comte Oxtiern, ce scélérat que vous venez de voir dans les fers, où il gémit depuis plus d'un an, et où il est pour toute sa vie, fut obligé de venir de Stockholm à Nordkoping, pour répéter des fonds considérables placés chez madame Scholtz, par son père, dont il venait d'hériter. Celle-ci connaissant l'état du comte, fils d'un sénateur, et sénateur lui-même, lui avait préparé le plus bel appartement de sa maison, et se disposait à le recevoir avec tout le luxe que lui permettaient ses richesses.

Le comte arriva; et dès le lendemain son élégante hôtesse lui donna le plus grand souper, suivi d'un bal, où devaient être les plus jolies personnes de la ville; on n'oublia point Ernestine; ce n'était pas sans quelqu'inquiétude qu'Herman la vit décidée à y venir; le comte verrait-il une aussi belle personne, sans lui rendre à l'instant l'hommage qui lui était dû; que n'aurait point Herman à redouter d'un tel rival; dans la supposition de ce malheur, Ernestine aurait-elle plus de force, refuserait-elle de devenir l'épouse d'un des plus grands sei-

gneurs de Suède ? De ce fatal arrangement ne naîtrait-il pas une ligue décidée
contre Herman et contre Ernestine,
dont les chefs puissans seraient Oxtiern
et la Scholtz ? et quels malheurs n'en
devait pas redouter Herman, lui faible
et malheureux, résisterait-il aux armes
de tant d'ennemis conjurés contre sa
frêle existence ? Il fit part de ces réflexions à sa maîtresse ; et cette fille honnête, sensible et délicate, prête à sacrifier de si frivoles plaisirs aux sentimens
qui l'embrâsaient, proposa à Herman
de refuser la Scholtz ; le jeune homme
était assez de cet avis ; mais comme dans
ce petit cercle d'honnêtes gens, rien ne
se faisait sans l'aveu de Sanders, on le
consulta, et il fut loin de cette opinion.
Il représenta que le refus de l'invitation
de la Scholtz, entraînait inévitablement
une rupture avec elle ; que cette femme
adroite, ne serait pas long-temps à dé-
voiler les raisons d'un tel procédé, et
que dans la circonstance où il paraissait le plus essentiel de la ménager

davantage, c'était l'irriter le plus certainement.

Ernestine ose demander alors à celui qu'elle aime, ce qu'il peut donc ap-
préhender, et elle ne lui cache point
la douleur où la plongent de pareils soupçons. O mon ami ! dit cette intéressante
fille, en pressant les mains d'Herman,
les individus les plus puissans de l'Europe, fussent-ils tous à cette assemblée,
dussent-ils tous s'enflammer pour ta chère
Ernestine, doutes-tu que la réunion de
ces cultes pût former autre chose qu'un
hommage de plus à son vainqueur ? Ah !
ne crains rien, Herman, celle que tu as
séduite ne saurait brûler pour un autre ;
fallut-il vivre avec toi dans l'esclavage,
je préférerais ce sort à celui du trône
même ; toutes les prospérités de la terre
peuvent-elles exister pour moi dans
d'autres bras que ceux de mon amant !...
Herman, rends-toi donc justice, peux-
tu soupçonner que mes yeux apperçoi-
vent à ce bal, aucun mortel qui puisse te
valoir ; laisse à mon cœur le soin de t'apprécier, mon ami, et tu seras toujours

le plus aimable des êtres comme tu en
es le plus aimé. Herman baisa mille fois
les mains de sa maîtresse, il cessa de
témoigner des craintes, mais il n'en gué-
rit pas; il est dans le cœur d'un homme
qui aime, de certains pressentimens qui
trompent bien peu; Herman les éprouva,
il les fit taire, et la belle Ernestine parut
au cercle de madame Scholtz, comme
la rose au milieu des fleurs; elle avait
pris l'ajustement des anciennes femmes
de sa patrie; elle était vêtue à la manière des Schites, ses traits nobles et
fiers, singulièrement rehaussés par cette
parure, sa taille fine et souple infiniment mieux marquée sous ce juste sans
pli, qui dessinait ses formes, ses beaux
cheveux flottans sur son carquois, cet
arc qu'elle tenait à la main... tout lui
donnait l'air de l'amour déguisé sous les
traits de Bellonne, et l'on eut dit que
chacune des flèches qu'elle portait avec
tant de grâce, devait en atteignant les
cœurs, les enchaîner bientôt sous son
celeste empire.

Si le malheureux Herman ne vit pas

Ernestine entrer sans frémir, Oxtiern de
son côté ne l'apperçut pas sans une émotion si vive, qu'il fut quelques minutes
sans pouvoir s'exprimer. Vous avez vu
Oxtiern, il est assez bel homme ; mais
quelle âme enveloppa la nature sous
cette trompeuse écorce. Le comte fort
riche, et maître depuis peu de toute sa
fortune, ne soupçonnait aucunes bornes
à ses fougueux desirs, tout ce que la raison ou les circonstances pouvaient leur
apporter d'obstacles, ne devenait qu'un
aliment de plus à leur impétuosité ;
sans principes comme sans vertu, encore imbu des préjugés d'un corps dont
l'orgueil venait de lutter contre le souverain même, Oxtiern s'imaginait que
rien au monde ne pouvait imposer de
frein à ses passions ; or, de toutes celles
qui l'enflammaient, l'amour était la plus
impétueuse ; mais ce sentiment, presqu'une vertu dans une belle âme, doit
devenir la source de bien des crimes
dans un cœur corrompu comme celui
d'Oxtiern.

Cet homme dangereux n'eut pas plus

tôt remarqué notre belle héroïne, qu'il
conçut aussi-tôt le perfide dessein de la
séduire; il dansa beaucoup avec elle,
se plaça près d'elle au souper, et témoigna si clairement enfin les sentimens
qu'elle lui inspirait, que toute la ville
ne douta plus qu'elle ne devînt bientôt
ou la femme, ou la maîtresse d'Oxtiern.

On ne rend point la cruelle situation
d'Herman pendant que toutes ces choses
se passaient; il avait été au bal; mais
voyant sa maîtresse dans une faveur si
éclatante, lui avait-il été possible d'oser
même un instant l'aborder? Ernestine
n'avait assurément point changé pour
Herman, mais une jeune fille peut-
elle se défendre de l'orgueil? Peut-elle
ne pas s'énivrer un instant des hommages publics, et cette vanité que l'on
caresse en elle, en lui prouvant qu'elle
peut être adorée de tous, n'affaiblit-elle
pas le desir qu'elle avait avant, de n'être
sensible qu'aux flatteries d'un seul? Ernestine vit bien qu'Herman était inquiet; mais Oxtiern était à son char;
toute l'assemblée la louait, et l'orgueil-

leuse Ernestine ne sentit pas comme elle
l'aurait dû, le chagrin dont elle acca-
blait son malheureux amant. Le colonel fut également comblé d'honneurs,
le comte lui parla beaucoup, il lui offrit ses services à Stockholm, l'assura que
trop jeune encore pour se retirer, il devait se faire attacher à quelques corps,
et achever de courir les grades, auxquels
ses talens et sa naissance devaient le
faire aspirer, qu'il le servirait en cela
comme dans tout ce qu'il pourrait desirer à la cour, qu'il le suppliait de ne
le pas ménager, et qu'il regarderait
comme autant de jouissances personnelles à lui, chacun des services qu'un si
brave homme le mettrait à même de lui
rendre. Le bal cessa avec la nuit, et
l'on se retira.

Dès le lendemain le sénateur Oxtiern
pria madame Scholtz de lui donner les
plus grands détails sur cette jeune Scithe
dont l'image avait été toujours présente
à ses sens depuis qu'il l'avait apperçue.
C'est la plus belle fille que nous ayons
à Nordkoping, dit la négociante en

chantée de voir que le comte en tra-
versant les amours d'Herman, lui rendrait peut-être le cœur de ce jeune
homme; en vérité, sénateur, il n'est
point dans tout le pays une fille qu'on
puisse comparer à celle-là. Dans le pays,
s'écria le comte, il n'y en a pas dans
l'Europe, madame ... et que fait-elle?
que pense-t-elle... qui l'aime ... qui l'a-
dore cette créature céleste? quel est
celui qui prétendra me disputer la possession de ses charmes? — Je ne vous
parlerai point de sa naissance, vous
savez qu'elle est fille du colonel Sanders, homme de mérite et de qualité;
mais ce que vous ignorez peut-être, et
ce qui vous affligera, d'après les sentimens que vous montrez pour elle, c'est
qu'elle est à la veille d'épouser un jeune
caissier de ma maison dont elle est éper-
duement amoureuse, et qui la chérit
pour le moins autant.—Une telle alliance
pour Ernestine, s'écria le sénateur!...cet
ange devenir la femme d'un caissier!...
cela ne sera point, madame, cela ne
sera point, vous devez vous réunir à

moi pour qu'une alliance aussi ridicule n'ait pas lieu. Ernestine est faite pour briller à la cour, et je veux l'y faire paraître sous mon nom. — Mais point de bien, comte... la fille d'un pauvre gentilhomme... d'un officier de fortune. Elle est la fille des Dieux, dit Oxtiern hors de lui, elle doit habiter leur séjour. — Ah! sénateur, vous mettrez au désespoir le jeune homme dont je vous ai parlé, peu de tendresses sont aussi vives... peu de sentimens aussi sincères. — La chose du monde qui m'embarrasse le moins, madame, est un rival de cette espèce, des êtres de cette infériorité, doivent-ils alarmer mon amour ; vous m'aiderez à trouver les moyens d'éloigner cet homme, et s'il n'y consent pas de bonne grâce..... laissez-moi faire, madame Scholtz, laissez-moi faire, nous nous débarrasserons de ce faquin. La Scholtz applaudit, et bien loin de refroidir le comte, elle ne lui présente que de ces sortes d'obstacles, faciles à vaincre, et dont le triomphe irrite l'amour.

Mais pendant que tout ceci se passe

chez la veuve, Herman est aux pieds de
sa maîtresse. — Eh! ne l'avais-je pas dit,
Ernestine, s'écrie-t-il en larmes, ne l'a-
vais-je pas prévu, que ce maudit bal
nous coûterait bien des peines; chacun
des éloges que vous prodiguait le comte,
était autant de coups de poignards,
dont il déchirait mon cœur, doutez-vous
maintenant qu'il ne vous adore, et ne
s'est-il pas assez déclaré? — Que m'importe, homme injuste, reprit la jeune
Sanders en appaisant de son mieux
l'objet de son unique amour, que m'importe l'encens qu'il plaît à cet homme
de m'offrir, dès que mon cœur n'appartient qu'à toi; as-tu donc cru que
j'étais flattée de son hommage? — Oui,
Ernestine, je l'ai cru, et je ne me suis
pas trompé, vos yeux brillaient de l'orgueil de lui plaire, vous n'étiez occupée
que de lui. — Ces reproches me fâchent,
Herman, ils m'affligent dans vous, je
vous croyais assez de délicatesse, pour
ne devoir pas même être effrayé; eh
bien, confiez vos craintes à mon père,

et

et que notre hymen se célébre dès demain, j'y consens.

Herman saisit promptement ce projet;
il entre chez Sanders avec Ernestine,
et se jetant dans les bras du colonel, il
le conjure, par tout ce qu'il a de plus
cher, de vouloir bien ne plus mettre
d'obstacles à son bonheur.

Moins balancé par d'autres sentimens,
l'orgueil avait fait sur le cœur de Sanders, bien plus de progrès encore que
dans celui d'Ernestine; le colonel rempli
d'honneur et de franchise était bien loin
de vouloir manquer aux engagemens
qu'il avait pris avec Herman; mais la
protection d'Oxtiern l'éblouissait. Il s'é-
tait fort bien apperçu du triomphe de
sa fille sur l'âme du sénateur; ses amis
lui avaient fait entendre que si cette
passion avait les suites légitimés qu'il
en devait espérer, sa fortune en deviendrait le prix infaillible. Tout cela l'avait
tracassé pendant la nuit, il avait bâti
des projets, il s'était livré à l'ambition;
le moment, en un mot, était mal choisi,
Herman n'en pouvait prendre un plus

mauvais; Sanders se garda pourtant bien
de refuser ce jeune homme, de tels procédés étaient loin de son cœur; ne pouvait-il pas d'ailleurs avoir bâti sur le
sable? Qui lui garantissait la réalité des
chimères dont il venait de se nourrir? il
se rejeta donc sur ce qu'il avait coutume
d'alléguer.... la jeunesse de sa fille, la
succession attendue de la tante Plorman, la crainte d'attirer contre Ernestine et lui, toute la vengeance de la
Scholtz, qui maintenant étayée par le
sénateur Oxtiern, n'en deviendrait que
plus à redouter. Le moment où le comte
était dans la ville était-il d'ailleurs celui
qu'il fallait choisir? Il semblait inutile de
se donner en spectacle, et si vraiment la
Scholtz devait s'irriter de ce parti, l'instant où elle se trouvait soutenue des faveurs du comte serait assurément celui
où elle pourrait être la plus dangereuse.
Ernestine fut plus pressante que jamais,
son cœur lui faisait quelques reproches
de la conduite de la veille, elle était
bien aise de prouver à son ami, que le
réfroidissement n'entrait pour rien dans

ses torts ; le colonel en suspens , peu accoutumé à résister aux instances de sa fille ne lui demanda que d'attendre le départ du sénateur, et promit qu'après, il serait le premier à lever toutes les difficultés et à voir même la Scholtz si cela devenait nécessaire, pour la calmer, ou pour l'engager à l'épurement des comptes, sans la reddition desquels le jeune Herman , ne pouvait pas décemment se séparer de sa patrone.

Herman se retira peu content, rassuré néanmoins sur les sentimens de sa maîtresse , mais dévoré d'une sombre inquiétude que rien ne pouvait adoucir; à peine était-il sorti, que le sénateur parut chez Sanders; il était conduit par la Scholtz , et venait, disait-il, rendre ses devoirs au respectable militaire, qu'il se félicitait d'avoir connu dans son voyage, et lui demander la permission de saluer l'aimable Ernestine. Le colonel et sa fille reçurent ces politesses comme ils le devaient; la Scholtz déguisant sa rage et sa jalousie, parce qu'elle voyait naître en foule tous les moyens de servir

ces crnels sentimens de son cœur, com-
bla le colonel d'éloges, caressa beaucoup
Ernestine, et la conversation fut aussi
agréable qu'elle pouvait l'être dans les
circonstances.

Plusieurs jours se passèrent ainsi,
pendant lesquels Sanders et sa fille, la
Scholtz et le comte, se firent de mu-
tuelles visites, mangèrent réciproque-
ment les uns chez les autres, et tout
cela sans que le malheureux Herman
fut jamais d'aucune de ces parties de
plaisir.

Oxtiern, pendant cet intervalle, n'a-
vait perdu aucune occasion de parler de
son amour, et il devenait impossible à
mademoiselle Sanders de douter que le
comte ne brûlât pour elle de la plus ardente passion ; mais le cœur d'Ernestine
l'avait garanti, et son extrême amour
pour Herman ne lui permettait plus de
se laisser prendre une seconde fois aux
piéges de l'orgueil ; elle rejetait tout, se
refusait à tout, ne paraissait que con-
trainte et rêveuse, aux fêtes où elle était
entraînée, et ne revenait jamais des unes,

sans supplier son père de ne plus l'entraîner aux autres; il n'était plus temps,
Sanders qui, comme je vous l'ai dit,
n'avait pas les mêmes raisons que sa
fille pour résister aux appâts d'Oxtiern,
s'y laissa prendre avec facilité; il y avait
eu des conversations secrètes entre la
Scholtz, le sénateur et le colonel, on
avait achevé d'éblouir le malheureux
Sanders, et l'adroit Oxtiern, sans jamais
trop se compromettre, sans-jamais assurer sa main, faisant seulement appercevoir qu'il faudrait bien qu'un jour les
choses en vinssent là, avait tellement
séduit Sanders, que non-seulement il
avait obtenu de lui de se refuser aux
poursuites d'Herman, mais qu'il l'avait
même décidé à quitter le séjour solitaire
de Nordkoping, pour venir jouir à Stockholm du crédit qu'il lui assurait, et des
faveurs dont il avait dessein de le com-
bler.

Ernestine qui voyait bien moins son
amant depuis tout cela, ne cessait pourtant de lui écrire; mais comme elle le
connaissait capable d'un éclat, et qu'elle

voulait éviter des scènes, elle lui déguisait de son mieux tout ce qui se passait; elle n'était pas encore bien certaine d'ailleurs de la faiblesse de son père; avant que de rien assurer à Herman, elle se résolut d'éclaircir.

Elle entre un matin chez le colonel; mon père, dit-elle avec respect, il paraît que le sénateur est pour long-temps à Nordkoping; cependant vous avez promis à Herman que vous nous réuniriez bientôt; me permettez-vous de vous demander si vos résolutions sont les mêmes?... et de quelle nécessité il est d'attendre le départ du comte pour célébrer un hymen que nous desirons tous avec autant d'ardeur? Ernestine, dit le colonel, asseyez-vous, et écoutez-moi.

Tant que j'ai cru, ma fille, dit le colonel, que votre bonheur et votre fortune pouvaient se rencontrer avec le jeune Herman, loin de m'y opposer sans doute, vous avez vu avec quel empressement je me suis prêté à vos desirs; mais dès qu'un sort plus heureux vous attend, Ernestine, pourquoi voulez-vous que je vous sacrifie ? — Un sort plus heureux, dites-vous ? si c'est mon bonheur que vous cherchez, mon père, ne le supposez jamais ailleurs qu'avec mon cher Herman, il ne peut être certain qu'avec lui : n'importe, je crois démêler vos projets.... j'en frémis.... ah ! daignez ne pas m'en rendre la victime. — Mais, ma fille, mon avancement tient à ces projets. — Oh ! mon père, si le comte ne se charge de votre fortune qu'en obtenant ma main.... soit, vous jouirez, j'en conviens, des honneurs que l'on vous promet, mais celui qui vous les vend, ne jouira pas de ce qu'il en espère, je mourrai avant que d'être à lui. — Ernestine, je vous supposais l'âme plus tendre....je croyais que vous saviez mieux aimer votre père. — Ah ! cher auteur de mes jours, je croyais que votre fille vous était plus précieuse, que... Malheureux voyage !... infâme séducteur !... nous étions tous heureux avant que cet homme ne parût ici.... un seul obstacle se présentait, nous l'aurions vaincu ; je ne redoutais rien, tant que mon père

était pour moi ; il m'abandonne, il ne
me reste plus qu'à mourir .... et la malheureuse Ernestine plongée dans sa douleur, poussait des gémissemens qui eussent attendri les âmes les plus dures.
Écoute, ma fille, écoute, avant que de
t'affliger, dit le colonel, en essuyant par
ses caresses les larmes qui couvraient
Ernestine, le comte veut faire mon bonheur, et quoiqu'il ne m'ait pas dit posi-
tivement qu'il en exigeait ta main pour
prix, il est pourtant facile de comprendre
que tel est son unique objet. Il est sûr, à
ce qu'il prétend, de me rattacher au service, il exige que nous allions habiter
Stockholm, il nous y promet le sort le
plus flatteur, et dès mon arrivée dans
cette ville, lui-même veut, dit-il, venir
au-devant de moi avec un brevet de
mille ducats (1) de pension dû à mes
services.... à ceux de mon père, et que
la cour, ajoute-t-il, m'aurait accordé
depuis long-temps, si nous eussions eu

_____

(1) Le ducat en Suède, vaut quelques sols
de moins que notre gros écu.

le moindre ami dans la capitale qui eût parlé pour nous. Ernestine.... veux-tu perdre toutes ces faveurs? prétends-tu donc manquer ta fortune et la mienne? Non, mon père, répondit fermement la fille de Sanders, non; mais j'exige de vous une grâce, c'est de mettre, avant tout, le comte à une épreuve à laquelle je suis sûre qu'il ne résistera pas; s'il veut vous faire tout le bien qu'il dit, et qu'il soit honnête, il doit vous continuer son amitié sans le plus léger intérêt; s'il y met des conditions, il y a tout à craindre dans sa conduite; de ce moment, elle est personnelle, de ce moment, elle peut être fausse; ce n'est plus votre ami qu'il est, c'est mon séducteur. — Il t'épouse. — Il n'en fera rien; d'ailleurs, écoutez-moi, mon père, si les sentimens qu'a pour vous le comte, sont réels, ils doivent être indépendans de ceux qu'il a pu concevoir pour moi; il ne doit point vouloir vous faire plaisir, dans la certitude de me faire de la peine; il doit, s'il est vertueux et sensible, vous faire tout le bien qu'il vous promet, sans exiger que j'en soie

le prix ; pour sonder sa façon de penser ;
dites-lui que vous acceptez toutes ces
promesses, mais que vous lui demandez
pour premier effet de sa générosité envers moi, de faire lui-même ici, avant
que de quitter la ville, le mariage de
votre fille avec le seul homme qu'elle
puisse aimer au monde. Si le comte est
loyal, s'il est franc, s'il est désintéressé,
il acceptera ; s'il n'a dessein que de m'immoler en vous servant, il se dévoilera ;
il faut qu'il réponde à votre proposition,
et cette proposition de votre part ne doit
point l'étonner, puisqu'il ne vous a point
encore, dites-vous, ouvertement de-
mandé ma main ; si sa réponse est de
la demander pour prix de ses bienfaits,
il a plus d'envie de s'obliger lui-même,
qu'il n'en a de vous servir, puisqu'il
saura que je suis engagée, et que, malgré
mon cœur, il voudra me contraindre ;
dès-lors, son âme est mal-honnête, et
vous devez vous défier de toutes ses
offres, quelque soit le vernis dont il les
colore. Un homme d'honneur ne peut
vouloir de la main d'une femme dont il

saît qu'il n'aura point l'amour ; ce ne
doit pas être aux dépends de la fille
qu'il doit obliger le père. L'épreuve est
sûre, je vous conjure de la tenter ; si
elle réussit.... je veux dire, si nous de-
venons certains que le comte n'ait que
des vues légitimes, il faudra se prêter à
tout, et alors, il aura fait votre avancement sans nuire à ma félicité, nous serons tous heureux.... nous le serons
tous, mon père, sans que vous ayez de
remords. Ernestine, dit le colonel, il est
très possible que le comte soit un honnête homme, quoiqu'il ne veuille m'o-
bliger qu'aux conditions de t'avoir pour
femme. — Ouï, s'il ne me savait pas engagée ; mais lui disant que je le suis, s'il
persiste à ne vouloir vous servir qu'en
me contraignant, il n'y a plus que de
l'égoïsme dans ses procédés, la délicatesse
en est totalement exclue ; dès-lors ses
promesses doivent nous devenir sus-
pectes.... et Ernestine se jetant dans
les bras du colonel, ô, mon père, s'é-
cria-t-elle en larmes, ne me refusez pas
l'épreuve que j'exige, ne me la refusez

pas, mon père, je vous en conjure, ne
sacrifiez pas aussi cruellement une fille
qui vous adore, et qui ne veut vivre que
pour vous; ce malheureux Herman en
mourrait de douleur, il mourrait en nous
haïssant, je le suivrais de près au tombeau, et vous auriez perdu les deux plus
chers amis de votre cœur. Le colonel
aimait sa fille, il était généreux et noble;
on ne pouvait lui reprocher que cette
sorte de bonne-foi, qui quoiqu'elle rende
l'honnête homme si facilement la dupe
des fripons, n'en dévoile pas moins toute
la candeur et toute la franchise d'une
belle âme; il promit à sa fille de faire
tout ce qu'elle exigeait, et dès le lendemain, il parla au sénateur.

Oxtiern, plus faux que mademoiselle
Sanders n'était fine, et dont les mesures
étaient déjà prises avec la Scholtz à tout
évènement sans doute, répondit au colonel de la manière la plus satisfaisante.
—Avez-vous donc cru, mon cher, lui dit-il,
que je voulusse vous obliger par intérêt?
Connaissez mieux mon cœur; le desir de
vous être utile le remplit, abstraction

faite de toute considération; assurément
j'aime votre fille, vous le cacher ne servirait à rien; mais dès qu'elle ne me
croit pas fait pour la rendre heureuse,
je suis bien loin de la contraindre; je
ne me chargerai point de serrer ici les
nœuds de son hymen, comme vous pa-
raissez le vouloir, ce procédé coûterait
trop à mon cœur; en me sacrifiant au
moins, puis-je bien desirer n'être pas
immolé par ma propre main; mais le
mariage se fera, j'y donnerai mes soins,
j'en chargerai la Scholtz, et puisque
votre fille aime mieux devenir la femme
d'un caissier que celle d'un des premiers
sénateurs de Suède, elle est la maîtresse;
ne craignez point que ce choix nuise en
rien au bien que je veux vous faire; je
pars incessamment; à peine aurai-je ar-
rangé quelques affaires, qu'une voiture à
moi viendra chercher votre fille et vous.
Vous arriverez à Stockholm avec Ernestine; Herman pourra vous suivre, et
l'épouser là, ou attendre, si cela lui convient mieux, qu'ayant le poste où je veux

vous placer, son mariage en devienne
meilleur.

Homme respectable, dit Sanders, en
pressant les mains du comte, que d'obli-
gations ! Les services que vous daignez
nous rendre deviendront d'autant plus
précieux, qu'ils seront désintéressés, et
vous coûteront un sacrifice.... ah ! sénateur, c'est le dernier degré de la générosité humaine ; une si belle action
devrait vous valoir des temples, dans un
siècle où toutes les vertus sont si rares.
Mon ami, dit le comte, en répondant aux
caresses du colonel, l'honnête homme
jouit le premier des bienfaits qu'il répand ; n'est-ce pas ce qu'il faut à sa félicité ?

Le colonel n'eut rien de plus pressé que
de rendre à sa fille l'importante conversation qu'il venait d'avoir avec Oxtiern.
Ernestine en fut touchée jusqu'aux
larmes, et crut tout sans difficultés ; les
belles âmes sont confiantes, elles se per-
suadent facilement ce qu'elles sont capables de faire ; Herman ne fut pas tout-

à-fait aussi crédule ; quelques propos
imprudens échappés à la Scholtz, dans
la joie où elle était sans doute de voir
aussi-bien servir sa vengeance, lui firent
naître des soupçons qu'il communiqua à
sa maîtresse; cette tendre fille le rassura;
elle lui fit sentir qu'un homme de la naissance et de l'état d'Oxtiern devait être
incapable de tromper..... L'innocente
créature, elle ne savait pas que des vices,
étayés de la naissance et de la richesse,
enhardis dès-lors par l'impunité, n'en
deviennent que plus dangereux. Herman dit qu'il voulait s'éclaircir avec le
comte lui-même; Ernestine lui interdit
les voies de fait; le jeune homme se dé-
fendit de les vouloir prendre ; mais n'é-
coutant au fond que sa fierté, son amour
et son courage, il charge deux pistolets;
dès le lendemain matin, il s'introduit
dans la chambre du comte, et le prenant au chevet du lit, monsieur, lui
dit-il audacieusement, je vous crois un
homme d'honneur ; votre nom, votre
place, votre richesse, tout doit m'en
convaincre; j'exige donc votre parole,

monsieur, votre parole par écrit, que vous renoncez absolument aux prétentions que vous avez témoigné pour Ernestine, ou j'attends, sans cela, de vous voir accepter l'une de ces deux armes, afin de nous brûler la cervelle ensemble.

Le sénateur, un peu étourdi du compliment, commença d'abord par demander à Herman s'il réfléchissait bien à la démarche qu'il faisait, et s'il croyait qu'un homme de son rang dût quelque réparation à un subalterne comme lui?

Point d'invectives, monsieur, répondit Herman, je ne viens pas ici pour en recevoir, mais pour vous demander raison, au contraire, de l'outrage que vous me faites en voulant séduire ma maîtresse; un subalterne, dites-vous? Sénateur, tout homme à droit d'exiger d'un autre, la réparation ou du bien qu'on lui enlève, ou de l'offense qu'on lui fait; le préjugé qui sépare les rangs est une chimère; la nature a créé tous les hommes égaux, il n'en est pas un seul qui ne soit sorti de son sein pauvre et nud, pas un

quelle conserve ou quelle anéantisse
différemment d'un autre ; je ne connais
entr'eux d'autre distinction que celle
qu'y place la vertu ; le seul homme qui
soit fait pour être méprisé, est celui qui
n'use des droits que lui accordent de
fausses conventions, que pour se livrer
plus impunément au vice. Levez-vous,
comte ; fussiez-vous un prince, j'exigerais
de vous la satisfaction qui m'est due ;
faites-la moi, vous dis-je, ou je vous brûle
la cervelle, si vous ne vous hâtez de vous
défendre. Un instant, dit Oxtiern, en
s'habillant ; asseyez-vous, jeune homme,
je veux que nous déjeûnions ensemble
avant que de nous battre.... Me refuserez-vous cette faveur ? A vos ordres,
comte, répondit Herman, mais j'espère
qu'après, vous vous rendrez de même à
mon invitation.... On sonne, le déjeûner
se sert, et le sénateur ayant ordonné
qu'on le laisse seul avec Herman, lui
demande, après la première tasse de
café, si ce qu'il entreprend est de con-
cert avec Ernestine ?—Assurément non,
sénateur, elle ignore que je suis chez

vous, elle a mieux fait, elle a dit que
vous vouliez me servir. — Si cela est,
quel peut donc être le motif de votre imprudence ? — La crainte d'être trompé,
la certitude que quand on aime Ernestine, il est impossible de renoncer à elle,
le desir de m'éclaircir enfin. — Vous le
serez bientôt, Herman, et quoique je
ne vous ne dusse que des reproches pour
l'indécence de votre action.... que cette
démarche inconsidérée dût peut-être,
faire varier mes desseins en faveur de
la fille du colonel, je tiendrai pourtant
ma parole.... oui, Herman, vous épou-
serez Ernestine, je l'ai promis, cela sera;
je ne vous la cède point, jeune homme,
je ne suis fait pour vous rien céder, c'est
Ernestine seule qui obtient tout de moi,
et c'est à son bonheur que j'immole le
mien. — O ! généreux mortel. — Vous
ne me devez rien, vous dis-je, je n'ai
travaillé que pour Ernestine, et ce n'est
que d'elle, que j'attends de la reconnaissance. — Permettez que je la partage,
sénateur, permettez qu'en même temps,
je vous fasse mille excuses de ma viva-

cité.... Mais, monsieur, puis-je compter
sur votre parole, et si vous avez dessein
de la tenir, vous refuserez-vous de me
la donner par écrit? — Moi, j'écrirai
tout ce que vous voudrez, mais cela est
inutile, et ces soupçons injustes ajoutent
à la sottise que vous venez de vous permettre. — C'est pour tranquilliser Ernestine. — Elle est moins défiante que vous,
elle me croit; n'importe, je veux bien
écrire, mais en lui adressant le billet;
tout autre manière serait déplacée, je
ne puis à-la-fois vous servir et m'humi-
lier devant vous.... et le sénateur prenant une écritoire, traça les lignes sui-
vantes :

*Le comte Oxtiern promet à Ernes-
tine Sanders de la laisser libre de son
choix, et de prendre les meilleures mesures pour la faire incessamment jouir
des plaisirs de l'hymen, quelque chose
qu'il en puisse coûter à celui qui l'a-
dore, et dont le sacrifice sera bientôt
aussi certain qu'affreux.*

Le malheureux Herman, bien loin
d'entendre le cruel sens de ce billet,

s'en saisit, le baise avec ardeur, renouvelle ses excuses au comte, et vole chez
Ernestine lui apporter les tristes tro-
phées de sa victoire.

Mademoiselle Sanders blâma beaucoup Herman, elle l'accusa de n'avoir
aucune confiance en elle, elle ajouta
qu'après ce qu'elle avait dit, jamais
Herman n'aurait dû se porter à de telles
extrémités avec un homme si fort au-
dessus de lui, qu'il était à craindre que
le comte n'ayant cédé que par prudence,
la réflexion ne le portât ensuite à quelques extrémités peut-être bien fatales
pour tous deux, et dans tous les cas sans
doute, extrêmement nuisibles à son père.
Herman rassura sa maîtresse, il lui fit
valoir le billet.... qu'elle avait également
lu sans en comprendre l'ambiguité; on
fit part de tout au colonel, qui désap-
prouva bien plus vivement encore que
sa fille; la conduite du jeune Herman;
tout se concilia néanmoins, et nos trois
amis plein de confiance dans les promesses du comte, se séparèrent assez
tranquilles.

Cependant Oxtiern, après sa scène avec Herman, était aussi-tôt descendu dans l'appartement de la Scholtz, il lui avait raconté tout ce qui venait de se passer, et cette méchante femme, encore mieux convaincue par cette démarche du jeune homme, qu'il devenait impossible de prétendre à le séduire, s'engagea plus solidement que jamais dans la cause du comte, et lui promit de la servir jusqu'à l'entière destruction du malheureux Herman. Je possède des moyens sûrs de le perdre, dit cette cruelle mégère.... j'ai des doubles clefs de sa caisse, il ne le sait pas; avant peu je dois escompter pour cent mille ducats de lettres de change à des négocians d'Hambourg, il ne tient qu'à moi de le trouver en faute; de ce moment, il faut qu'il m'épouse, ou il faut qu'il soit perdu. Dans ce dernier cas, dit le comte, vous me le ferez savoir sur-le-champ; soyez certaine qu'alors j'agirai comme il convient à notre mutuelle vengeance. Ensuite les deux scélérats, trop cruellement unis d'intérêt, renouvellèrent leurs dernières mesures pour donner à leurs perfides desseins, toute la consistence et toute la noirceur qu'ils y desiraient.

Ces arrangemens décidés, Oxtiern vint prendre congé du colonel et de sa fille; il se contraint devant celle-ci, lui témoigne au lieu de son amour et de ses véritables intentions, toute la noblesse et le désintéressement que sa fausseté lui permet d'employer, il renouvelle à Sanders ses plus grandes offres de service, et convient avec lui du voyage à Stockholm; le comte voulait leur faire préparer un appartement chez lui; mais le colonel répondit qu'il préférait d'aller chez sa cousine Plorman, dont il attendait la succession pour sa fille, et que cette marque d'amitié deviendrait un motif à Ernestine pour ménager cette femme qui pouvait beaucoup augmenter sa fortune; Oxtiern approuva le projet, on convint d'une voiture, parce qu'Ernestine craignait la mer, et l'on se sépara avec les plus vives protestations de tendresse et d'estime réciproques, sans qu'il eût été question de la démarche du jeune homme.

La Scholtz continuait de feindre avec Herman ; sentant le besoin de se déguiser jusqu'à l'éclat qu'elle préparait, elle ne lui parlait point de ses sentimens, et ne lui témoignait plus comme autrefois, que de la confiance et de l'intérêt; elle lui déguisa qu'elle était instruite de son étourderie chez le sénateur, et notre bon jeune homme crut, que comme la scène ne s'était pas trouvée très à l'avantage du comte, il l'avait cachée soigneusement.

Cependant Herman n'ignorait pas que le colonel et sa fille allaient bientôt quitter Nordkoping ; mais plein de confiance dans le cœur de sa maîtresse, dans l'amitié du colonel et dans les promesses du comte, il ne doutait pas que le premier usage qu'Ernestine ferait à Stockholm de son crédit près du sénateur, serait de l'engager à les réunir incessamment; la jeune Sanders ne cessait d'en assurer Herman, et c'était bien sincèrement son projet.

Quelques semaines se passèrent ainsi; lorsqu'on vit arriver dans Nordkoping,

une voiture superbe accompagnée de
plusieurs valets, auxquels il était recommandé de remettre une lettre au colonel Sanders de la part du comte Oxtiern, et de recevoir en même-temps
les ordres de cet officier, relativement
au voyage qu'il devait faire à Stockholm
avec sa fille, et pour lequel était destinée la voiture que l'on envoyait chez
lui. La lettre annonçait à Sanders que
par les soins du sénateur, la veuve Plorman destinait à ses deux alliés le plus
bel appartement de sa maison, qu'ils
étaient l'un et l'autre les maîtres d'y
arriver quand ils voudraient, et que le
comte attendait cet instant, pour apprendre à son ami Sanders le succès des
premières démarches qu'il avait entreprises pour lui ; à l'égard d'Herman,
ajoutait le sénateur, il croyait qu'il fallait lui laisser finir en paix les affaires
qu'il avait avec madame Scholtz, à la
conclusion desquelles sa fortune étant
mieux en ordre, il pourrait avec plus de
bienséance encore, venir présenter sa
main à la belle Ernestine ; que tout ga-
gnerait

gnerait à cet arrangement, pendant l'intervalle duquel le colonel lui-même honoré d'une pension, et peut-être d'un grade, n'en deviendroit que plus en état de faire du bien à sa fille.

Cette clause ne plut pas à Ernestine; elle éveilla quelques soupçons, dont elle fit aussitôt part à son père. Le colonel prétendit n'avoir jamais conçu les projets d'Oxtiern, d'une manière différente de celle-là; et quel moyen y aurait-il d'ailleurs, continuait Sanders, de faire quitter Nordkoping à Herman, avant qu'il n'eût fini ses comptes avec la Scholtz; Ernestine versa quelques larmes, et toujours entre son amour et la crainte de nuire à son père, elle n'osa insister sur l'extrême envie qu'elle aurait eue de ne profiter des offres du sénateur qu'à l'instant où son cher Herman se serait trouvé libre.

Il fallut donc se déterminer au départ; Herman fut invité par le colonel de venir souper chez lui pour se faire leurs mutuels adieux; il s'y rendit, et cette

Tome III.   I

cruelle scène ne se passa pas sans le plus vif attendrissement.

O ma chère Ernestine, dit Herman en pleurs, je vous quitte, et j'ignore quand je vous reverrai, vous me laissez avec une ennemie cruelle... avec une femme qui se déguise, mais dont les sentimens sont loin d'être anéantis ; qui me secourrera dans les tracasseries sans nombre dont va m'accabler cette mégère?... Quand elle me verra surtout plus décidé que jamais à vous suivre, et que je lui aurai déclaré que je ne veux jamais être qu'à vous... et vous-même où allez-vous, grand dieu ?... sous la dépendance d'un homme qui vous a aimé... qui vous aime encore ... et dont le sacrifice est bien douteux ; il vous séduira, Ernestine, il vous éblouira, et le malheureux Herman abandonné, n'aura plus pour lui que ses larmes. Herman aura toujours le cœur d'Ernestine, dit mademoiselle Sanders, en pressant les mains de son amant, peut-il jamais craindre d'être trompé avec la possession de ce bien ? Ah ! puissai-je ne le jamais perdre, dit Herman en se jetant aux pieds de sa belle maîtresse, puisse Ernestine, ne cédant jamais aux sollicitations qui vont lui être faites, se bien persuader, qu'il ne peut exister un seul homme sur la terre dont elle soit aimée comme de moi ; et l'infortuné jeune homme osa supplier Ernestine de lui laisser cueillir sur ses lèvres de rose, un baiser précieux qui pût lui tenir lieu du gage qu'il exigeait de ses promesses ; la sage et prudente Sanders qui n'en avait jamais tant accordé, crut devoir quelque chose aux circonstances, elle se pencha dans les bras d'Herman, qui brûlé d'amour et de desir, succombant à l'excès de cette joie sombre, qui ne s'exprime que par des pleurs, scella les sermens de sa flamme sur la plus belle bouche du monde, et reçut de cette bouche encore imprimée sur la sienne, les expressions les plus délicieuses et de l'amour et de la constance.

Cependant elle sonne cette heure funeste du départ ; pour deux cœurs véritablement épris, quelle différence y

a-t-il entre celle-là et celle de la mort?
On dirait en quittant ce qu'on aime, que
le cœur se brise, ou s'arrache; nos organes, pour ainsi dire enchaînés à l'objet chéri dont on s'éloigne, paraissent se
flétrir en ce moment cruel; on veut
fuir, on revient, on se quitte, on s'embrasse, on ne peut se résoudre; le faut-
il à la fin, toutes nos facultés s'anéan-
tissent, c'est le principe même de notre
vie qu'il s'emble que nous abandonnions,
ce qui reste est inanimé, ce n'est plus
que dans l'objet qui se sépare, qu'est encore pour nous l'existence.

On avait décidé de monter en voiture
en sortant de table, Ernestine jette les
yeux sur son amant, elle le voit en
pleurs, son âme se déchire... O mon
père, s'écrie-t-elle en fondant en larmes,
voyez le sacrifice que je vous fais, et se
rejetant dans les bras d'Herman, toi
que je n'ai jamais cessé d'aimer, lui dit-
elle, toi que j'adorerai jusqu'au tombeau, reçois en présence de mon père
le serment que je te fais de n'être jamais
qu'à toi; écris-moi, pense à moi, n'é-

coute que ce que je te dirai , et regarde moi comme la plus vile des créatures , si jamais d'autre homme que toi reçoit ou ma main ou mon cœur. Herman est dans un état violent , courbé à terre , il baise les pieds de celle qu'il idolâtre , on eût dit qu'au moyen de ces baisers ardens , son âme qui les imprimait , son âme entière dans ces baisers de feu eût voulu captiver Ernestine... Je ne te verrai plus... je ne te verrai plus, lui disait-il au milieu des sanglots... Mon père, laissez-moi vous suivre, ne souffrez pas qu'on m'enlève Ernestine, ou si le sort m'y condamne, hélas! plongez-moi votre épée dans le sein ; le colonel calmait son ami, il lui engageait sa parole de ne jamais contraindre les intentions de sa fille ; mais rien ne rassure l'amour alarmé, peu d'amans se quittaient dans d'aussi cruelles circonstances , Herman le sentait trop bien , et son cœur se fendait malgré lui ; il faut enfin partir ; Ernestine accablée de sa douleur..... les yeux inondés de larmes, s'élance à côté de son père, dans une

I 3

voiture qui l'entraîne aux regards de celui qu'elle aime. Herman croit voir en
cet instant la mort envelopper de ses
voiles obscures le char funèbre qui lui
ravit son plus doux bien, ses cris lu-
gubres appellent Ernestine, son âme
égarée la suit, mais il ne voit plus rien...
tout échappe... tout se perd dans les
ombres épaisses de la nuit, et l'infortuné revient chez la Scholtz dans un état
assez violent pour irriter davantage encore la jalousie de ce dangereux monstre.

Le colonel arriva à Stockholm le lendemain d'assez bonne heure, et trouva
à la porte de madame Plorman, où il
descendit, le sénateur Oxtiern, qui présenta la main à Ernestine; quoiqu'il y
eût quelques années que le colonel n'eût
vu sa parente, il n'en fut pas moins bien
reçu; mais il fut aisé de s'appercevoir
que la protection du sénateur avait prodigieusement influé sur cet excellent
accueil; Ernestine fut admirée, cares-
sée; la tante assura que cette charmante
nièce éclipserait toutes les beautés de la
capitale, et dès le même jour, les arran-

gemens furent pris pour lui procurer tous les plaisirs possibles, afin de l'étourdir, de l'enivrer et de lui faire oublier son amant.

La maison de la Plorman était naturellement solitaire ; cette femme, déja vieille, et naturellement avare, voyait assez peu de monde ; et c'était peut-être en raison de cela, que le comte, qui la connaissait, n'avait été nullement fâché du choix d'habitation que le colonel avait fait.

Il y avait chez madame Plorman un jeune officier du régiment des Gardes, qui lui appartenait d'un degré de plus près qu'Ernestine, et qui, par conséquent, avait plus de droit qu'elle à la succession ; on le nommait Sindersen, bon sujet, brave garçon, mais naturellement peu porté pour des parens qui, plus éloignés que lui de sa tante, paraissaient néanmoins former sur elle les mêmes prétentions. Ces raisons établirent un peu de froid entre lui et les Sanders ; cependant il fit politesse à Ernestine, vécut avec le colonel, et sut déguiser

I 4

sous ce vernis du monde, qu'on nomme politesse, les sentimens peu tendres qui devaient tenir la première place dans son cœur.

Mais laissons le colonel s'établir, et retournons à Nordkoping, pendant qu'Oxtiern met tout en œuvre pour amuser le père, pour éblouir la fille, et pour réussir enfin aux perfides projets dont il espère son triomphe.

Huit jours après le départ d'Ernestine, les négocians d'Hambourg parurent, et réclamèrent les cent mille ducats dont la Scholtz leur était redevable ; cette somme, sans aucun doute, devait se trouver dans la caisse d'Herman ; mais la friponnerie était déjà faite, et par le moyen des doubles clefs, les fonds avaient disparus ; madame Scholtz, qui avait retenu les négocians à dîner, fait aussi-tôt avertir Herman de préparer les espèces, attendu que ses hôtes veulent s'embarquer dès le même soir pour Stockholm. Herman depuis long-temps n'avait visité cette caisse, mais sûr que les fonds doivent y être, il ouvre avec confiance, et tombe presqu'évanoui quand il s'apperçoit du larcin qu'on lui a fait; il court chez sa protectrice.... Oh ! madame, s'écrie-t-il éperdu, nous sommes volés. — Volés, mon ami.... personne n'est entré chez moi, et je réponds de ma maison. — Il faut pourtant bien que quelqu'un soit entré, madame, il le faut bien, puisque les fonds n'y sont plus.... et que vous devez être sûr de moi. — Je pouvais l'être autrefois, Herman, mais quand l'amour tourne l'esprit d'un garçon tel que vous, tous les vices, avec cette passion, doivent s'introduire dans son cœur.... Malheureux jeune homme, prenez garde à ce que vous avez pu faire; j'ai besoin de mes fonds dans l'instant; si vous êtes coupable, avouez-le moi.... mais si vous avez tort, et que vous ne vouliez rien dire, vous ne serez peut-être pas le seul que j'envelopperai dans cette fatale affaire.... Ernestine partie pour Stockholm au moment où mes fonds disparaissent.... qui sait si elle est encore dans le royaume?.... elle vous précède.... c'est un enlèvement

projeté. Non, madame, non, vous ne
croyez pas ce que vous venez de dire,
répond Herman avec fermeté.... vous ne
le croyez pas, madame, ce n'est point
par une telle somme qu'un fripon dé-
bute ordinairement, et les grands crimes
dans le cœur de l'homme, sont toujours
précédés par des vices. Qu'avez-vous vu
de moi jusqu'à présent qui doive vous
faire croire que je puisse être capable
d'une telle malversation ? Si je vous avais
volé, serais-je encore dans Nordkoping ?
ne m'avez-vous pas averti depuis huit
jours que vous deviez escompter cet
argent ? si je l'avais pris, aurais-je eu
le front d'attendre paisiblement ici l'é-
poque où ma honte se dévoilerait ?
Cette conduite est-elle vraisemblable,
et devez-vous me la supposer ? — Ce
n'est pas à moi qu'il appartient de re-
chercher les raisons qui peuvent vous
excuser quand je suis lésée de votre
crime, Herman ; je n'établis qu'un fait,
vous êtes chargé de ma caisse, vous seul
en répondez, elle est vuide quand j'ai
besoin des fonds qui doivent s'y trouver,

les serrures ne sont point endommagées, aucun de mes gens ne disparaît, ce vol, sans effraction, sans vestiges, ne peut donc être l'ouvrage que de celui qui possède les clefs; pour la dernière fois, consultez-vous, Herman, je retiendrai ces négocians encore vingt-quatre heures; demain mes fonds.... ou la justice me répond de vous.

Herman se retire dans un désespoir plus facile à sentir qu'à peindre; il fondait en larmes, il accusait le ciel de le laisser vivre pour autant d'infortunes. Deux partis s'offrent à lui.... fuir ou se brûler la cervelle.... mais il ne les a pas plutôt formé, qu'il les rejette avec horreur.... Mourir sans être justifié.... sans avoir détruit des soupçons qui désoleraient Ernestine; pourrait-elle jamais se consoler d'avoir donné son cœur à un homme capable d'une telle bassesse? Son âme délicate ne soutiendrait pas le poids de cette infamie, elle en expirerait de douleur.... Fuir était s'avouer coupable; peut-on consentir à l'apparence d'un crime qu'on est aussi

I 6

loin de commettre ? Herman aime mieux
se livrer à son sort, et réclamer aussi-tôt
par lettres la protection du sénateur et
l'amitié du colonel ; il croyait être sûr du
premier, et ne doutait sûrement pas du
second. Il leur écrit le malheur affreux
qui lui arrive, il les convainc de son
innocence, fait sur-tout sentir au colonel combien une pareille aventure devient funeste pour lui, avec une femme
dont le cœur paîtri de jalousie ne manquera pas de saisir cette occasion pour
l'anéantir. Il lui demande les conseils les
plus prompts dans cette fatale circonstance, et se livre aux décrets du ciel,
osant se croire sûr que leur équité n'a-
bandonnerait pas l'innocence.

Vous imaginez aisément que notre
jeune homme dut passer une nuit affreuse ; dès le matin, la Scholtz le fit
venir dans son appartement. Eh bien !
mon ami, lui dit-elle, avec l'air de la
candeur et de l'aménité, êtes-vous prêt
à confesser vos erreurs, et vous décidez-
vous enfin à me dire la cause d'un procédé si singulier de votre part ? Je me

présente, et livre ma personne pour
toute justification, madame, répond le
jeune homme avec courage; je ne serais
pas resté chez vous si j'étais coupable,
vous m'avez laissé le temps de fuir, je
l'aurais fait. — Peut-être n'eussiez-vous
pas été loin sans être suivi, et cette éva-
sion d'ailleurs achevait de vous condamner; votre fuite prouvait un fripon
très-novice, votre fermeté m'en fait voir
un qui n'est pas à son coup d'essai. —
Nous ferons nos comptes quand vous
voudrez, madame; jusqu'à ce que vous
y ayiez trouvé des erreurs, vous n'êtes
pas en droit de me traiter ainsi, et moi
je le suis de vous prier d'attendre des
preuves plus sûres, avant de flétrir ma
probité. — Herman, est-ce là ce que je
devais espérer d'un jeune homme que
j'avais élevé, et sur qui je fondais toutes
mes espérances? — Vous ne répondez
point, madame; ce subterfuge m'étonne,
il me ferait presque naître des doutes.—
Ne m'irritez pas, Herman, ne m'irritez
pas, quand vous ne devez chercher qu'à
m'attendrir.... (et reprenant avec cha-

leur)…. Ignores-tu, cruel, les sentimens
que j'ai pour toi? quel serait donc, d'après
cela, l'être le plus disposé à cacher tes
torts?… T'en chercherais-je, quand je
voudrais au prix de mon sang anéantir
ceux que tu as?… Ecoute, Herman, je
puis tout réparer, j'ai dans la banque de
mes correspondans, dix fois plus qu'il
n'est nécessaire pour couvrir cette faute…
avoue - la, c'est tout ce que je te demande….. consens à m'épouser, tout
s'oublie. — Et j'achéterais le malheur de
mes jours au prix d'un affreux mensonge? — Le malheur de tes jours, perfide? quoi! c'est ainsi que tu regardes
les nœuds où je prétends, quand je n'ai
qu'un mot à dire pour te perdre à jamais? — Vous n'ignorez pas que mon
cœur n'est plus à moi, madame; Ernestine le possède en entier; tout ce qui
troublerait le dessein que nous avons
d'être l'un à l'autre, ne peut devenir qu'affreux pour moi. — Ernestine?… n'y compte plus, elle est déjà
l'épouse d'Oxtiern. — Elle?… cela ne
se peut, madame, j'ai sa parole et son

cœur; Ernestine ne saurait me tromper.
— Tout ce qui s'est fait était convenu,
le colonel s'y prêtait. — Juste ciel ! eh
bien ! je vais donc m'éclaircir moi-
même, je vole de ce pas à Stockholm....
j'y verrai Ernestine, je saurai d'elle si
vous m'en imposez ou non.... que dis-je?
Ernestine avoir pu trahir son amant!
non, non...,. son cœur ne vous est pas
connu, puisqu'il vous est possible de le
croire ; l'astre du jour cesserait de nous
éclairer, plutôt qu'un tel forfait eût pu
souiller son âme. Et le jeune homme à
ces mots veut s'élancer hors de la maison.... madame Scholtz le retenant,
Herman, vous allez vous perdre; écoutez-moi, mon ami, c'est pour la dernière
fois que je vous parle.... Faut-il vous le
dire? six témoins déposent contre vous,
on vous a vu sortir mes fonds du logis,
on sait l'emploi que vous en avez fait;
vous vous êtes méfié du comte Oxtiern,
muni de ces cent mille ducats, vous
deviez enlever Ernestine et la conduire
en Angleterre.... La procédure est commencée, je vous le répète, je puis tout

arrêter d'un mot.... voilà ma main, Herman, acceptez-la, tout est réparé. — As-
semblage d'horreurs et de mensonge,
s'écrie Herman, regarde comme la fraude
et l'inconséquence éclatent dans tes paroles; si Ernestine est, comme tu le dis,
l'épouse du sénateur, je n'ai donc pas dû
voler pour elle les sommes qui te man-
quent, et si j'ai pris cet argent pour elle,
il est donc faux qu'elle soit l'épouse du
comte ; dès que tu peux mentir avec
tant d'impudence, tout ceci n'est qu'un
piège où ta méchanceté veut me prendre;
mais je trouverai.... j'ose m'en flatter au
moins, des moyens de rétablir l'honneur
que tu veux m'enlever, et ceux qui con-
vaincront de mon innocence, prouveront
en même temps tous les crimes où tu te
livres, pour te venger de mes dédains.

Il dit : et repoussant les bras de la
Scholtz, qui s'ouvrent pour le retenir
encore, il se jette aussi tôt dans la rue
avec le projet d'aller à Stockholm....
Le malheureux, il est loin d'imaginer
que ses chaînes sont déjà tendues....
dix hommes le saisissent à la porte du

logis, et le traînent ignominieusement dans la prison des scélérats, aux regards même de la féroce créature qui le perd, et qui semble jouir, en le conduisant des yeux, de l'excès du malheur où sa rage effrénée vient d'engloutir ce misérable.

Eh bien! dit Herman, en se voyant dans le séjour du crime.... et trop souvent de l'injustice, puis-je défier le ciel à présent, d'inventer des maux qui puissent déchirer mon âme avec plus de fureur? Oxtiern... perfide Oxtiern, toi seul a conduit cette trame, et je ne suis ici que la victime de la jalousie, de tes complices et de toi ... Voilà donc comme les hommes peuvent passer en un instant, au dernier degré de l'humiliation et du malheur! j'imaginais que le crime seul pouvait les avilir jusqu'à ce point.... Non... il ne s'agit que d'être soupçonné pour être déjà criminel, il ne s'agit que d'avoir des ennemis puissans pour être anéanti! mais toi, mon Ernestine.... toi dont les sermens consolent encore mon cœur, le tien me reste-t-il au moins

dans l'infortune ? ton innocence égale-
t-elle la mienne ? et n'as-tu pas trempée
dans tout ceci?... O juste ciel! quels
odieux soupçons! je suis plus oppressé
d'avoir pu les former un instant, que je
ne suis anéanti de tous mes autres maux...
Ernestine coupable... Ernestine avoir
trahi son amant !... jamais la fraude et
l'imposture naquirent-elles au fond de
cette âme sensible ?... et ce tendre baiser que je savoure encore... ce seul et
doux baiser que j'ai reçu d'elle, peut-il
avoir été cueilli sur une bouche qu'aurait avili le mensonge ?... Non, non
chére âme, non... on nous trompe tous
deux... comme ils vont profiter de ma
situation, ces monstres, pour me dégra-
der dans ton esprit... Ange du ciel ne
te laisse pas séduire à l'artifice des
hommes, et que ton âme aussi pure que
le dieu dont elle émane, soit à l'abri
comme son modéle, des iniquités de la
terre.

Une douleur muette et sombre s'empare de ce malheureux ; à mesure qu'il
se pénètre de l'horreur de son sort, le

chagrin qu'il éprouve devient d'une telle force, qu'il se débat bientôt au milieu de ses fers; tantôt c'est à sa justification qu'il veut courir, l'instant d'après, c'est aux pieds d'Ernestine; il se roule sur le plancher, en faisant retentir la voûte de ses cris aigus... il se relève, il se précipite contre les digues qui lui sont opposées, il veut les rompre de son poids, il se déchire, il est en sang, et retombant près des barrières qu'il n'a seulement point ébranlé, ce n'est plus que par des sanglots et des larmes... que par les secousses du désespoir, que son âme abattue tient encore à la vie.

Il n'y a point de situation dans le monde qui puisse se comparer à celle d'un prisonnier, dont l'amour embrase le cœur; l'impossibilité de s'éclaircir, réalise à l'instant d'une manière affreuse tous les maux de ce sentiment; les traits d'un Dieu si doux dans le monde, ne sont plus pour lui que des couleuvres qui le déchirent; mille chimères l'offusquent à la fois; tour-à-tour inquiet et tranquille, tour-à-tour crédule et soupçon-

neux, craignant et desirant la vérité,
détestant... adorant l'objet de ses feux,
l'excusant, et le croyant perfide, son
âme, semblable aux flots de la mer en
courroux, n'est plus qu'une substance
molle, où toutes les passions ne s'em-
preignent que pour la consumer plutôt.

On accourut au secours d'Herman;
mais quel funeste service lui rendait-on,
en ramenant sur ses tristes lèvres, la
coupe amère de la vie, dont il ne lui res-
tait plus que le fiel.

Sentant la nécessité de se défendre,
reconnaissant que l'extrême desir qui le
brûlait de revoir Ernestine, ne pouvait
être satisfait qu'en faisant éclater son
innocence, il prit sur lui; l'instruction
commença; mais la cause trop importante pour un tribunal inférieur comme
celui de Nordkoping, fut évoquée par
devant les juges de Stockholm. On y
transféra le prisonnier... content... s'il
est possible de l'être dans sa cruelle situation, consolé de respirer l'air dont
s'animait Ernestine; je serai dans la
même ville, se disait-il avec satisfac-

tion, peut-être pourrai-je l'instruire
de mon sort... on le lui cache sans
doute!... peut-être pourrai-je la voir;
mais quoiqu'il en puisse arriver, je serai
là, moins en but aux traits dirigés contre
moi; il est impossible que tout ce qui
approche Ernestine ne soit épuré comme
sa belle âme, l'éclat de ses vertus se
répand sur tout ce qui l'entoure... ce
sont les rayons de l'astre dont la terre
est vivifiée... je ne dois rien craindre où
elle est. Malheureux amans voilà vos
chimères... elles vous consolent, c'est
beaucoup; abandonnons-y le triste Herman pour voir ce qui se passait à Stockholm parmi les gens qui nous intéressent.

Ernestine toujours dissipée, toujours
promenée de fête en fête, était bien loin
loin d'oublier son cher Herman, elle
ne livrait que ses yeux aux nouveaux
spectacles dont on tâchait de l'enivrer;
mais son cœur toujours rempli de son
amant, ne respirait que pour lui seul;
elle aurait voulu qu'il partageât ses plaisirs, ils lui devenaient insipides sans

Herman, elle le desirait, elle le voyait
partout, et la perte de son illusion ne
lui rendait la vérité que plus cruelle.
L'infortunée était loin de savoir dans
quel affreux état se trouvait réduit celui qui l'occupait aussi despotiquement,
elle n'en avait reçu qu'une lettre, écrite
avant l'arrivée des négocians de Hambourg, et les mesures étaient prises de
manière à ce que depuis lors, elle n'en
pût avoir davantage. Quand elle en témoignait son inquiétude, son père et le
sénateur rejetaient ces retards sur l'im-
mensité des affaires dont se trouvait
chargé le jeune homme, et la tendre
Ernestine, dont l'âme délicate craignait
la douleur, se laissait doucement aller
à ce qui semblait la calmer un peu. De
nouvelles réflexions survenaient-elles?
on l'appaisait encore de même, le colonel de bien bonne foi, le sénateur en
la trompant; mais, on la tranquillisait,
et l'abîme, en attendant, se creusait
toujours sous ses pas.

Oxtiern amusait également Sanders,
il l'avait introduit chez quelques mi-

nistres ; cette considération flattait son orgueil, elle le faisait patienter sur les promesses du comte, qui ne cessait de lui dire que quelque bonne volonté qu'il eût de l'obliger, tout était fort long à la cour.

Ce dangereux suborneur qui, s'il eût pu réussir d'une autre manière que par les crimes qu'il méditait, se les fût peut-être épargné, essayait de revenir de tems en tems au langage de l'amour, avec celle qu'il brûlait de corrompre.

Je me repens quelquefois de mes démarches, disait-il un jour à Ernestine, je sens que le pouvoir de vos yeux détruit insensiblement mon courage ; ma probité veut vous unir à Herman, et mon cœur s'y oppose ; ô juste ciel ! pourquoi la main de la nature plaça-t-elle à la fois tant de grâces dans l'adorable Ernestine, et tant de faiblesse dans le cœur d'Oxtiern, je vous servirais mieux si vous étiez moins belle, ou peut-être aurais-je moins d'amour, si vous n'aviez pas tant de rigueur. Comte, dit Ernestine allar-

mée, je croyais ces sentimens déjà loin
de vous, et je ne concois pas qu'ils
vous occupent encore ! — C'est rendre
à la fois bien peu de justice à tous deux,
ou que de croire que les impressions
que vous produisez puissent s'affaiblir,
ou que d'imaginer que quand c'est mon
cœur qui les reçoit, elles puissent n'y
pas être éternelles. — Peuvent - elles
donc s'accorder avec l'honneur ? et
n'est-ce point par ce serment sacré, que
vous m'avez promis de ne me conduire
à Stockholm, que pour l'avancement
de mon père et ma réunion à Herman ?
— Toujours Herman, Ernestine ; eh
quoi ! ce nom fatal ne sortira point de
votre mémoire ? — Assurément non,
sénateur, il sera prononcé par moi, aussi
long-tems que l'image chérie de celui
qui le porte, embrâsera l'âme d'Ernestine, et c'est vous avertir que la mort, en
deviendra l'unique terme ; mais, comte,
pourquoi retardez-vous les promesses
que vous m'avez faites ?... je devais,
selon vous, revoir bientôt ce tendre et
unique objet de ma flamme, pourquoi
donc

donc ne paraît-il pas ? — Ses comptes
avec la Scholtz, voilà le motif assurément de ce retard qui vous affecte. —
L'aurons-nous dès-après cela ? — Oui...
vous le verrez, Ernestine... je vous
promets de vous le faire voir, à quelque point qu'il puisse m'en coûter....
dans quelque lieu que ce puisse être....
vous le verrez certainement... et quelle
sera la récompense de mes services?—
Vous jouirez du charme de les avoir rendu, comte, c'est la plus flatteuse de toutes
pour une âme sensible. — L'acheter au
prix du sacrifice que voux exigez, est la
payer bien cher, Ernestine ; croyez-vous
qu'il soit beaucoup d'âmes capables d'un
tel effort ? — Plus il vous aura coûté,
plus vous serez estimable à mes yeux.—
Ah ! combien l'estime est froide pour
acquitter le sentiment que j'ai pour vous.
— Mais si c'est le seul que vous puissiez
obtenir de moi, ne doit-il pas vous con-
tenter ? — Jamais... jamais, dit alors le
comte, en lançant des regards furieux
sur cette malheureuse créature... et se
levant aussi-tôt pour la quitter, tu ne

Tome III.   K

connais pas l'âme que tu désespères....
Ernestine.... fille trop aveuglée... non
tu ne la connais pas cette âme, tu ne
sais pas jusqu'où peuvent la conduire et
ton mépris et tes dédains.

Il est facile de croire que ces dernières paroles alarmèrent Ernestine, elle
les rapporta bien vîte au colonel, qui
toujours plein de confiance en la probité du sénateur, fut loin d'y voir le sens
dont Ernestine les interprêtait; le crédule Sanders toujours ambitieux, revenait quelquefois au projet de préférer
le comte à Herman; mais sa fille lui
rappelait sa parole; l'honnête et franc
colonel en était esclave, il cédait aux
larmes d'Ernestine, et lui promettait de
continuer à rappeler au sénateur les
promesses qu'il leur avait faites à tous
deux, ou de ramener sa fille à Nordkoping, s'il croyait démêler qu'Oxtiern
n'eût pas envie d'être sincère.

Ce fut alors que l'un et l'autre de ces
honnêtes gens, trop malheureusement
trompés, reçurent des lettres de la
Scholtz, dont ils s'étaient séparé le

mieux du monde. Ces lettres excusaient Herman de son silence, il se portait à merveille ; mais accablé d'une reddition de comptes où se rencontrait un peu de désordre, qu'il ne fallait attribuer qu'au chagrin qu'éprouvait Herman d'être séparé de ce qu'il aimait, il était obligé d'emprunter la main de sa bienfaitrice pour donner de ses nouvelles à ses meilleurs amis ; il les suppliait de n'être pas inquiets, parce qu'avant huit jours madame Scholtz elle-même, amènerait à Stockholm, Herman aux pieds d'Ernestine.

Ces écrits calmèrent un peu cette chère amante, mais ils ne la rassurèrent pourtant pas tout-à-fait..... une lettre est bientôt écrite, disait-elle, pourquoi Herman n'en prenait-il donc pas la peine ? Il devait bien se douter, que j'aurais plus de foi en un seul mot de lui, qu'en vingt épîtres d'une femme dont on avait tant de raisons de se méfier. Sanders rassurait sa fille, Ernestine confiante cédait un instant aux soins que prenait le colonel pour la

K 2

calmer, et l'inquiétude en traits de feux
revenait aussitôt déchirer son âme.

Cependant L'affaire d'Herman se sui-
vait toujours ; mais le sénateur qui voyait
les juges, leur avait recommandé la plus
extrême discrétion, il leur avait prouvé
que si la poursuite de ce procès venait à
se savoir, les complices d'Herman, ceux
qui étaient muni des sommes, passe-
raient en pays étrangers, s'ils n'y étaient
pas encore, et qu'au moyen des sûretés
qu'ils prendraient, on ne pourrait plus
rien recouvrer ; cette raison spécieuse
engageait les magistrats au plus grand
silence ; ainsi tout se faisait dans la ville
même qu'habitaient Ernestine et son
père, sans que l'un et l'autre le sussent,
et sans qu'il fût possible que rien en pût
venir à leur connaissance.

Telle était à-peu-près la situation des
choses, lorsque le colonel pour la première fois de sa vie, se trouva engagé à
dîner chez le ministre de la guerre.
Oxtiern ne pouvait l'y conduire ; il avait,
disait-il, ving personnes lui-même ce
jour-là, mais il ne laissa pas ignorer à

Sanders, que cette faveur était son ouvrage, et ne manqua pas en le lui disant,
de l'exhorter à ne pas se soustraire à une
telle invitation; le colonel était loin de
l'envie d'être inexact, quoiqu'il s'en fallut
pourtant bien, que ce perfide dîner dût
contribuer à son bonheur; il s'habille
donc le plus proprement qu'il peut, re-
commande sa fille à la Plorman, et se
rend chez le ministre.

Il n'y avait pas une heure qu'il y était,
lors qu'Ernestine vit entrer madame
Scholtz chez elle, les complimens furent
courts; pressez-vous, lui dit la négociante, et volons ensemble chez le comte
Oxtiern, je viens d'y descendre Herman, je suis venu vous avertir à la hâte,
que votre protecteur et votre amant
vous attendent tous deux avec une égale
impatience.—Herman?—Lui-même.—
Que ne vous a-t-il suivi jusqu'ici?—Ses
premiers soins ont été pour le comte,
il les lui devait sans doute; le sénateur
qui vous aime, s'immole pour ce jeune
homme; Herman ne lui doit-il pas de
la reconnaissance?..... Ne serait-il pas

K 3

ingrat d'y manquer ?..... mais vous voyez
comme tous deux m'envoient vers vous
avec précipitation.... c'est le jour des
sacrifices , mademoiselle , continua la
Scholtz, lançant un regard faux sur Ernestine, venez les voir consommer tous.

Cette malheureuse fille partagée entre
le desir extrême de voler où on lui disait
qu'était Herman , et la crainte d'une
démarche hasardée, en allant chez le
comte pendant l'absence de son père,
reste en suspens sur le parti qu'elle doit
prendre ; et comme la Scholtz pressait
toujours , Ernestine crut devoir s'ap-
puyer dans un tel cas, du conseil de sa
tante Plorman, et lui demander d'être
accompagnée d'elle ou au moins de son
cousin Sindersen ; mais celui-ci ne se
trouva point à la maison, et la veuve
Plorman consultée répondit que le palais du sénateur était trop honnête, pour
qu'une jeune personne eût rien à risquer
en y allant ; elle ajouta, que sa nièce devait connaître cette maison, puisqu'elle
y avait été plusieurs fois avec son père,
et que d'ailleurs, dès qu'Ernestine y

allait avec une dame de l'état et de l'âge
de madame Scholtz, il n'y avait certainement aucun danger, qu'elle s'y join-
drait assurément bien volontiers, si depuis dix ans, d'horribles douleurs ne la
captivaient chez elle, sans en pouvoir
sortir; mais vous ne risquez rien, ma
nièce, continua la Plorman. Allez en
toute sûreté où l'on vous desire, je pré-
viendrai le colonel dès qu'il paraîtra,
afin qu'il vous aille aussitôt retrouver.

Ernestine, enchantée d'un conseil, qui
s'accordait aussi-bien avec ses vues, s'é-
lance dans la voiture de la Scholtz, et
toutes deux arrivent chez le sénateur, qui
vient les recevoir à la porte même de son
hôtel. Accourez, charmante Ernestine,
dit-il, en lui donnant la main, venez
jouir de votre triomphe, du sacrifice de
madame, et du mien, venez vous convaincre, que la générosité dans des âmes
sensibles, l'emporte sur tous les sentimens.... Ernestine ne se contenait plus,
son cœur palpitait d'impatience, et si
l'espoir du bonheur embellit, jamais
Ernestine sans doute n'avait été plus

K 4

digne des hommages de l'Univers entier...... Quelques circonstances l'alarmèrent pourtant, et ralentirent la douce
émotion dont elle était saisie ; quoiqu'il
fît grand jour, pas un valet ne paraissait
dans cette maison..... un silence lu-
gubre y régnait; on ne disait mot, les
portes se refermaient avec soin aussitôt,
qu'on les avait dépassées; l'obscurité devenait toujours plus profonde, à mesure que l'on avançait; et ces précautions
effrayèrent tellement Ernestine, qu'elle
était presque évanouie, quand elle entra
dans la pièce où l'on voulait la recevoir;
elle y arrive enfin; ce salon assez vaste
donnait sur la place publique; mais les
fenêtres étaient closes absolument de ce
côté, une seule sur les derrières faible-
ment entr'ouverte, laissait pénétrer
quelques rayons à travers les jalousies
baissées sur elle, et personne n'était dans
cette pièce quand Ernestine y parut. L'infortunée respirait à peine : voyant bien
pourtant que sa sûreté dépendait de son
courage, monsieur, dit-elle, avec sang-
froid, que signifient cette solitude, ce
silence effrayant.... Ces portes que l'on

ferme avec tant de soin, ces fenêtres qui laissent un léger accès à la lumière ? tant de précautions sont faites pour m'alarmer; où est Herman ? Asseyez-vous, Ernestine, dit le sénateur, en la plaçant entre la Scholtz et lui.... calmez-vous, et écoutez-moi.

Il s'est passé bien des choses , ma chère, depuis que vous avez quitté Nord-koping; celui à qui vous aviez donné votre cœur, a malheureusement prouvé qu'il n'était pas digne de le posséder. — Oh ciel ! vous m'effrayez. — Votre Herman n'est qu'un scélérat, Ernestine , il s'agit de savoir si vous n'avez point participé au vol considérable qu'il a fait à madame Scholtz ; on vous soupçonne. Comte, dit Ernestine en se levant, avec autant de noblesse que de fermeté, votre artifice est découvert, je sens mon imprudence... je suis une fille perdue.... je suis dans les mains de mes plus grands ennemis.... je n'éviterai pas le malheur qui m'attend.... et tombant à genoux les bras élevés vers le ciel.... Etre Suprême , s'écria-t-elle, je n'ai plus que toi pour

protecteur, n'abandonne pas l'innocence
aux mains dangereuses du crime et de
la scélératesse ! Ernestine, dit madame
Scholtz en la relevant, et l'asseyant malgré elle sur le siége qu'elle venait de
quitter, il ne s'agit pas de prier Dieu ici,
il est question de répondre ; le sénateur
ne vous en impose point, votre Herman
m'a volé cent mille ducats, et il était à
la veille de venir vous enlever, lorsque
tout s'est heureusement su. Herman est
arrêté, mais les fonds ne se trouvent
pas, il nie de les avoir distrait; voilà ce
qui a fait croire que ces fonds étaient
déjà dans vos mains; cependant l'affaire
d'Herman prend la plus mauvaise tournure, des témoins déposent contre lui;
plusieurs particuliers de Nordkoping
l'ont vu sortir la nuit de ma maison
avec des sacs sous son manteau; le dé-
lit enfin est plus que prouvé, et votre
amant est dans les mains de la justice.
— *Ernestine* : Herman coupable, Ernestine soupçonnée, et vous l'avez cru,
monsieur?.... vous avez pu le croire? —
Le comte : nous n'avons, Ernestine, ni
le temps de discuter cette affaire, ni

celui de songer à autre chose, qu'a y porter le plus prompt remède ; sans vous en parler, sans vous affliger en vain, j'ai tout voulu voir avant que d'en venir à la démarche que vous me voyez faire aujourd'hui ; il n'y a contre vous que des soupçons, voilà pourquoi je vous ai garanti l'horreur d'une humiliante captivité ; je le devais à votre père, à vous, je l'ai fait ; mais pour Herman, il est coupable.... il y a pis, ma chère, je ne vous dis ce mot qu'en tremblant.... il est condamné.....(et Ernestine pâlissant.)— Condamné, lui... Herman... l'innocence même.... ô juste ciel ! Tout peut se réparer, Ernestine, reprend vivement le sénateur, en la soutenant dans ses bras, tout peut se réparer, vous dis-je.... ne résistez point à ma flamme, accordez-moi sur-le-champ les faveurs que j'exige de vous, je cours trouver les juges.... ils sont là, Ernestine, dit Oxtiern, en montrant le côté de la place, ils sont assemblés pour terminer cette cruelle affaire..... j'y vole.... je leur porte les cent mille ducats, j'atteste que l'erreur

vient de moi, et madame Scholtz, qui
se désiste de toute poursuite envers
Herman, certifie de même que c'est
dans les comptes faits dernièrement ensemble, que cette somme à fait double
emploi ; en un mot, je sauve votre
amant.... je fais plus, je vous tiens la
parole que je vous ai donnée, huit jours
après je vous rends son épouse.... Prononcez, Ernestine, et sur-tout ne perdons
pas de temps.... songez à la somme que
je sacrifie.... au crime dont vous êtes
soupçonnée... à l'affreuse position d'Herman.... au bonheur qui vous attend
enfin, si vous satisfaites mes desirs. —
Ernestine : moi, me livrer à de telles
horreurs ! acheter à ce prix la rémission
d'un crime dont Herman ni moi, ne
furent jamais coupables ! — *Le comte* :
Ernestine, vous êtes en ma puissance ;
ce que vous craignez peut avoir lieu
sans capitulation ; je fais donc plus pour
vous que je ne devrais faire, en vous
rendant celui que vous aimez, aux conditions d'une faveur que je puis obtenir
sans cette clause... Le moment presse...
dans une heure, il ne sera plus temps....

dans une heure, Herman sera mort, sans que vous en soyez moins déshonorée.... songez que vos refus perdent votre amant, sans sauver votre pudeur, et que le sacrifice de cette pudeur, dont l'estime est imaginaire, redonne la vie à celui qui vous est précieux.... que dis-je, le rend dans vos bras à l'instant.... Fille crédule et faussement vertueuse, tu ne peux balancer sans une faiblesse condamnable.... tu ne le peux sans un crime certain; en accordant, tu ne perds qu'un bien illusoire.... en refusant, tu sacrifies un homme, et cet homme immolé par toi, c'est celui qui t'est le plus cher au monde.... Détermine-toi, Ernestine, détermine-toi, je ne te donne plus que cinq minutes. — *Ernestine* : toutes mes réflexions sont faites, monsieur; jamais il n'est permis de commettre un crime pour en empêcher un autre. Je connais assez mon amant pour être certaine qu'il ne voudrait pas jouir d'une vie qui m'aurait coûté l'honneur, à plus forte raison ne m'épouserait-il pas après ma flétrissure; je me serais donc rendue coupable, sans qu'il en devînt plus heu-

reux, je le serais devenue sans le sauver, puisqu'il ne survivrait assurément
pas à un tel comble d'horreur et de ca-
lomnie ; laissez-moi donc sortir, monsieur, ne vous rendez pas plus criminel
que je ne vous soupçonne de l'être déjà...
j'irai mourir près de mon amant, j'irai
partager son effroyable sort, je périrai
du moins digne d'Herman , et j'aime
mieux mourir vertueuse que de vivre
dans l'ignominie.... Alors le comte entre
en fureur.... Sortir de chez moi, dit-il,
embrâsé d'amour et de rage, t'en échapper avant que je ne sois satisfait , ne
l'espère pas, ne t'en flatte pas, farouche
créature.... la foudre écraserait plutôt
la terre, que je te ne rendisse libre avant
que t'avoir fait servir à ma flamme, et de
tenant cette infortunée dans ses bras....
Ernestine veut se défendre.... mais en
vain.... Oxtiern est un frénétique dont
les entreprises font horreur.... Un moment.... un moment.... dit la Scholtz, sa
résistance vient peut-être de ses doutes.
Cela se peut, dit le sénateur, il faut la
convaincre , et prenant Ernestine par la

main, il la traîne vers une des fenêtres
qui donnaient sur la place, ouvre avec
précipitation cette fenêtre. Tiens, perfide, lui dit-il, vois Herman et son échafaud; là se trouvait effectivement dressé
ce théâtre sanglant, et le misérable Herman prêt à perdre la vie, y paraissait
aux pieds d'un confesseur.... Ernestine
le reconnaît.... elle veut faire un cri....
elle s'élance... ses organes s'affaiblissent...
tous ses sens l'abandonnent, elle tombe
comme une masse.

Tout précipite alors les perfides projets d'Oxtiern.... il saisit cette malheureuse, et sans effroi pour l'état où elle
est, il ose consommer son crime, il ose
faire servir à l'excès de sa rage la respectable créature que l'abandon du ciel,
soumet injustement au plus affreux délire. Ernestine est déshonorée sans avoir
recouvré ses sens ; le même instant a
soumis au glaive des loix l'infortuné
rival d'Oxtiern, Herman n'est plus.

A force de soins, Ernestine ouvre
enfin les yeux ; le premier mot qu'elle
prononce, est *Herman* ; son premier

desir est un poignard.... elle se lève,
elle retourne à cette horrible fenêtre,
encore entr'ouverte, elle veut s'y précipiter, on s'y oppose ; elle demande son
amant; on lui dit qu'il n'existe plus, et
qu'elle est seule coupable de sa mort....
elle frémit.... elle s'égare, des mots sans
suite sortent de sa bouche... des sanglots
les interrompent... il n'y a que ses pleurs
qui ne peuvent couler.... ce n'est qu'a-
lors qu'elle s'apperçoit qu'elle vient d'être
la proie d'Oxtiern.... elle lance sur lui
des regards furieux. C'est donc toi, scélérat, dit-elle, c'est donc toi qui viens
de me ravir à-la-fois l'honneur et mon
amant ? Ernestine, tout peut se réparer,
dit le comte.... Je le sais, dit Ernestine,
et tout se réparera sans doute ; mais
puis-je sortir enfin, ta rage est-elle
assouvie ? Sénateur, s'écrie la Scholtz,
ne laissons pas échapper cette fille.... elle
nous perdra ; que nous importe la vie de
cette créature ?... qu'elle la perde, et
que sa mort mette nos jours en sûreté.
Non, dit le comte, Ernestine sent qu'a-
vec nous les plaintes ne serviraient à

rien; elle a perdu son amant, mais elle
peut tout pour la fortune de son père;
qu'elle se taise, et le bonheur encore
peut luire pour elle. — Des plaintes,
sénateur, moi des plaintes.... madame
peut imaginer que j'en veuille faire ;
oh ! non, il est une sorte d'outrage dont
une femme ne doit jamais se plaindre....
elle ne le pourrait sans s'avilir elle-
même, et des aveux dont elle serait
forcé de rougir, alarmeraient bien plus
sa pudeur, que les réparations qu'elle en
recevrait ne satisferaient sa vengeance.
Ouvrez-moi, sénateur, ouvrez-moi, et
comptez sur ma discrétion. — Ernestine,
vous allez être libre.... je vous le répète,
votre sort est entre vos mains. Je le sais,
reprit fièrement Ernestine, ce sont elles
qui vont me l'assurer. Quelle imprudence, s'écria la Scholtz ; oh ! comte, je
n'aurais jamais consenti de partager un
crime avec vous, si je vous avais cru
tant de faiblesse. Ernestine ne nous tra-
hira point, dit le comte, elle sait que je
l'aime encore.... elle sait que l'hymen
peut être le prix de son silence. Ah ! ne

craignez rien, ne craignez rien, dit Ernestine, en montant dans la voiture qui
l'attendait, j'ai trop d'envie de réparer
mon honneur , pour m'avilir par des
moyens si bas.... vous serez content de
ceux que j'employerai, comte, ils nous
honoreront l'un et l'autre. Adieu.

... Ernestine se rend chez elle.... elle s'y
rend au milieu de cette place où son
amant vient de périr , elle y traverse la
foule qui vient de repaître ses yeux de
cet effrayant spectacle; son courage la
soutient , ses résolutions lui donnent des
forces , elle arrive ; son père rentrait au
même instant ; le perfide Oxtiern avait
eu soin de le faire retenir tout le temps
utile à son crime.... Il voit sa fille éche-
velée.... pâle, le désespoir dans l'âme,
mais l'œil sec néanmoins, la contenance
fière et la parole ferme. — Enfermons-
nous , mon père , j'ai à vous parler. — Ma
fille, tu me fais frémir.... qu'est-il arrivé? tu es sortie pendant mon absence...
on parle de l'exécution d'un jeune homme
de Nordkoping.... je suis rentré dans un
trouble.... dans une agitation, explique-

toi..... la mort est dans mon sein. —
Ecoutez-moi, mon père.... retenez vos
larmes.... (et se jetant dans les bras
du colonel): nous n'étions pas nés pour
être heureux, mon père; il est de certains êtres que la nature ne crée que
pour les laisser flotter de malheurs en
malheurs, le peu d'instans qu'ils doivent
exister sur la terre ; tous les individus ne
doivent pas prétendre à la même portion
de félicité, il faut se soumettre aux vo-
lontés du ciel ; votre fille vous reste au
moins, elle consolera votre vieillesse,
elle en sera l'appui.... Le malheureux
jeune homme de Nordkoping dont vous
venez d'entendre parler, est Herman, il
vient de périr sur un échafaud, sous mes
yeux.... oui, mon père, sous mes yeux....
on a voulu que je le visse.... je l'ai vu....
il est mort victime de la jalousie de la
Scholtz et de la frénésie d'Oxtiern.... Ce
n'est pas tout mon père, je voudrais n'a-
voir à vous apprendre que la perte de
mon amant, j'en ai fait une plus cruelle
encore.... votre fille ne vous est rendue
que déshonorée.... Oxtiern.... pendant

qu'on immolait une de ses victimes.....le
scélérat flétrissait l'autre. Sanders se levant ici avec fureur, c'en est assez,
dit-il, je sais mon devoir; le fils du
brave ami de Charles XII n'a pas besoin
qu'on lui apprenne comment il faut se
venger d'un traître; dans une heure, je
serai mort, ma fille, où tu seras satis-
faite. Non, mon père, non, dit Ernestine, en empêchant le colonel de sortir,
j'exige, au nom de tout ce qui peut vous
être le plus cher, que vous n'embrassiez
pas vous-même cette vengeance; si j'a-
vais le malheur de vous perdre, pensez-
vous à l'horreur de mon sort? restée
seule sans appui.... aux mains perfides
de ces monstres, croyez-vous qu'ils ne
m'auraient pas bientôt immolée?.... Vi-
vez donc pour moi, mon père, pour
votre chère fille, qui dans l'excès de sa
douleur, n'a plus que vous pour secours
et pour consolation.... n'a plus que vos
mains dans le monde qui puissent es-
suyer ses larmes.... Ecoutez mon projet;
il s'agit ici d'un léger sacrifice, qui peut-
être même deviendra superflu, si mon

cousin Sindersen a de l'âme : la crainte que ma tante ne nous préfère dans son testament, est la seule raison qui met un peu de froid entre lui et nous ; je vais dissiper sa frayeur, je vais lui signer une entière renonciation à ce legs, je vais l'intéresser à ma cause ; il est jeune, il est brave.... il est militaire comme vous, il ira trouver Oxtiern, il lavera mon injure dans le sang de ce traître, et comme il faut que nous soyons satisfaits, s'il succombe, mon père, je ne retiendrai plus votre bras ; vous irez à votre tour chercher le sénateur, et vous vengerez à-la-fois l'honneur de votre fille et la mort de son neveu ; de cette manière, le scélérat qui m'a trompé, aura deux ennemis au lieu d'un ; saurions-nous trop les multiplier contre lui ? — Ma fille, Sindersen est bien jeune pour un ennemi tel qu'Oxtiern. — Ne craignez rien, mon père, les traîtres sont toujours des lâches, la victoire n'est pas difficile.... ah ! qu'il s'en faut que je la regarde comme telle !... cet arrangement.... je l'exige.... j'ai quelques droits

sur vous, mon père, mon malheur me
les donne, ne me refusez pas la grâce
que j'implore.... c'est à vos pieds que je
la demande. Tu le veux, j'y consens, dit
le colonel, en relevant sa fille, et ce qui
me fait céder à tes desirs, c'est la certitude de multiplier par-là, comme tu le
dis, les ennemis de celui qui nous déshonore. Ernestine embrasse son père,
et vole aussi-tôt vers son parent ; elle
revient peu après. Sindersen est tout
prêt, mon père, dit-elle au colonel ; mais
à cause de sa tante, il vous prie instam-
ment de ne rien dire ; cette parente
ne se consolerait pas du conseil qu'elle
m'a donné d'aller chez le comte, elle
était dans la bonne-foi ; Sindersen est
donc d'avis de cacher tout à la Plorman,
lui-même vous évitera jusqu'à la conclusion ; vous l'imiterez. Bon, dit le
colonel, qu'il vole à la vengeance.... je
le suivrai de près.... Tout se calme....
Ernestine se couche tranquille en apparence, et le lendemain, de bonne heure,
le comte Oxtiern reçoit une lettre d'une

main étrangère, où se trouvaient seulement ces mots.

Un crime atroce ne se commet pas sans punition, une injustice odieuse ne se consomme pas sans vengeance, une fille honnête ne se déshonore pas qu'il n'en coûte la vie au séducteur ou à celui qui doit la venger. A dix heures, ce soir, un officier vêtu de rouge, se promènera près du port, l'épée sous le bras, il espère vous y rencontrer; si vous n'y venez pas, ce même officier demain ira vous brûler la cervelle chez vous.

Un valet sans livrée porte la lettre, et comme il avait ordre de rapporter une réponse, il rend le même billet, avec simplement au bas ces trois mots : *on y sera.*

Mais le perfide Oxtiern avait trop d'intérêt de savoir ce qui s'était passé chez la Plorman depuis le retour d'Ernestine, pour n'avoir pas employé à prix d'or tous les moyens qui devaient l'en instruire; il apprend quel doit être l'of-

ficier vêtu de rouge; il sait de même
que le colonel a dit à son valet de confiance, de lui préparer un uniforme
anglais, parce qu'il veut se déguiser,
pour suivre celui qui doit venger sa
fille, afin de n'être point reconnu de ce
vengeur et de prendre sur-le-champ sa
défense si par hasard il est vaincu; en
voilà plus qu'il n'en faut à Oxtiern pour
construire un nouvel édifice d'horreur.

La nuit vient, elle était extrêmement
sombre, Ernestine avertit son père que
Sindersen sortira dans une heure, et
que dans l'accablement où elle est, elle
lui demande la permission de se retirer; le colonel bien aise d'être seul,
donne le bon soir à sa fille, et se prépare à suivre celui qui doit se battre
pour elle; il sort... il ignore comme
sera vêtu Sindersen, Ernestine n'a pas
montré le cartel; pour ne pas manquer
au mystère exigé par ce jeune homme,
et ne donner aucun soupçon à sa fille,
il n'a voulu faire aucunes demandes,
que lui importe, il avance toujours, il
sait le lieu du combat, il est bien sûr
d'y

d'y reconnaître son neveu. Il arrive à l'endroit indiqué, personne ne paraît encore, il se promène ; en ce moment un inconnu l'aborde, sans armes, et le chapeau bas ; monsieur, lui dit cet homme, n'êtes-vous pas le colonel Sanders ? — Je le suis. — Préparez-vous donc, Sindersen vous a trahi, il ne se battra point contre le comte ; mais ce dernier me suit, et c'est contre vous seul qu'il aura affaire. Dieu soit loué, dit le colonel avec un cri de joie, c'est tout ce que je desirais dans le monde. Vous ne direz mot, monsieur, s'il vous plaît, reprend l'inconnu, cet endroit-ci n'est pas très-sûr, le sénateur a beaucoup d'amis, peut-être accourrait-on pour vous séparer... il ne veut pas l'être, il veut vous faire une pleine satisfaction... attaquez-donc vivement et sans dire un mot l'officier vêtu de rouge qui s'avancera vers vous de ce côté. Bon, dit le colonel, éloignez-vous promptement, je brûle d'être aux mains... L'inconnu se retire, Sanders fait encore deux tours, il distingue enfin au milieu des ténèbres

Tome III.   L

l'officier vêtu de rouge s'avançant fièrement vers lui, il ne doute point que ce
ne soit Oxtiern, il fond sur lui l'épée à la
main, sans dire un mot, de peur d'être
séparé; le militaire se défend de même
sans prononcer une parole, et avec une
incroyable bravoure; sa valeur cède
enfin aux vigoureuses attaques du colonel, et le malheureux tombe expirant
sur la poussière; un cri de femme échappe
en cet instant, ce funeste cri perce l'âme
de Sanders... il approche... il distingue
des traits bien différens de l'homme qu'il
croit combattre... Juste ciel!... il reconnaît sa fille... c'est elle, c'est la cou-
rageuse Ernestine qui a voulu périr ou
se venger elle-même, et qui déjà noyée
dans son sang, expire de la main de son
père. Jour affreux pour moi, s'écrie le
colonel... Ernestine, c'est toi que j'immole! quelle méprise!... quel en est
l'auteur?... Mon père, dit Ernestine
d'une voix faible, en pressant le colonel
dans ses bras, je ne vous ai pas connu,
excusez-moi, mon père, j'ai osé m'armer
contre vous... daignerez-vous me par-

donner?— Grand dieu! quand c'est ma
main qui te plonge au tombeau! ô chère
âme par combien de traits envenimés le
ciel veut-il donc nous écraser à la fois.—
Tout ceci est encore l'ouvrage du perfide Oxtiern ...Un inconnu m'a abordé,
il m'a dit de la part de ce monstre ,
d'observer le plus grand silence, de
crainte d'être séparé, et d'attaquer celui
qui serait vêtu comme vous l'êtes, que
celui-là seul serait le comte... Je l'ai
cru, ô comble affreux de perfidie!....
j'expire.... mais je meurs au moins dans
vos bras, cette mort est la plus douce
que je pûs recevoir après tous les maux
qui viennent de m'accabler ; embrassez-
moi mon père, et recevez les adieux
de votre malheureuse Ernestine.

L'infortunée expire après ces mots ;
Sanders la baigne de ses larmes..... mais
la vengeance appaise la douleur. Il quitte
ce cadavre sanglant pour implorer les
loix.... mourir.... ou perdre Oxtiern.....
ce n'est qu'aux juges qu'il veut avoir
recours ;.... il ne doit plus.... il ne peut
plus se compromettre avec un scélérat,

qui le ferait assassiner, sans doute, plutôt que de se mesurer à lui; encore couvert du sang de sa fille, le colonel tombe
aux pieds des magistrats, il leur expose
l'affreux enchaînement de ses malheurs,
il leur dévoile les infamies du comte....
il les émeut, il les intéresse, il ne né-
glige pas, sur-tout, de leur faire voir
combien les stratagêmes du traître dont
il se plaint, les ont abusé dans le juge-
ment d'Herman.... On lui promet qu'il
sera vengé.

Malgré tout le crédit dont s'était flatté
le sénateur, il est arrêté dès la même
nuit. Se croyant sûr de l'effet de ses
crimes, ou mal instruit sans doute par
ses espions, il reposait avec tranquillité; on le trouve dans les bras de la
Scholtz, les deux monstres se félicitaient
ensemble de la manière affreuse dont
ils croyaient s'être vengés; ils sont con-
duits l'un et l'autre dans les prisons de
la justice. Le procès s'instruit avec la
plus grande rigueur.... l'intégrité la plus
entière y préside, les deux coupables se
coupent dans leur interrogatoire.... ils

se condamnent mutuellement l'un et l'autre...... la mémoire d'Herman est réhabilitée, la Scholtz va payer l'horreur de ses forfaits, sur le même échafaut où elle avait fait mourir l'innocent.

Le sénateur fut condamné à la même peine; mais le roi en adoucit l'horreur par un bannissement perpétuel au fond des mines.

Gustave offrit sur le bien des coupables dix mille ducats de pension au colonel, et le grade de général à son service; mais Sanders n'accepta rien. Sire, dit-il au monarque, vous êtes trop bon; si c'est en raison de mes services que vous daignez m'offrir ces faveurs, elles sont trop grandes, je ne les mérite point;.... si c'est pour acquitter les pertes que j'ai faites, elles ne suffiraient pas, Sire; les blessures de l'âme ne se guérissent ni avec de l'or, ni avec des honneurs.... Je prie votre majesté de me laisser quelque temps à mon désespoir; dans peu, je solliciterai près d'elle, la seule grâce qui puisse me convenir.

Voilà, monsieur, interrompit Falke-

L 3

neim, le détail que vous m'avez de-
mandé; je suis fâché de l'obligation où
nous allons être, de revoir encore une
fois cet Oxtiern, il va vous faire horreur. Personne n'est plus indulgent que
moi, monsieur, répondis-je, pour toutes
les fautes où notre organisation nous
entraîne; je regarde les malfaiteurs au
milieu des honnêtes gens, comme ces
irrégularités dont la nature mélange les
beautés qui décorent l'Univers; mais
votre Oxtiern, et particulièrement la
Scholtz, abusent du droit que les fai-
blesses de l'homme doivent obtenir des
philosophes. Il est impossible de porter
le crime plus loin; il y a dans la conduite de l'un et de l'autre des circonstances qui font frissonner. Abuser de
cette malheureuse, pendant qu'il fait
immoler son amant... la faire assassiner
ensuite par son père, sont des raffine-
mens d'horreur, qui font repentir d'être
homme, quand on est assez malheureux,
pour partager ce titre avec d'aussi grands
scélérats.

A peine avais-je dit ces mots, qu'Oxtiern parut, en apportant sa lettre; il avait le cœup-d'œil trop fin pour ne pas démêler sur mon visage que je venais d'être instruit de ses aventures.... il me regarde. Monsieur, me dit-il en français, plaignez-moi; des richesses immenses.... un beau nom.... du crédit, voilà les sirènes qui m'ont égaré; instruit par le malheur, j'ai pourtant connu les remords, et je puis vivre maintenant avec les hommes, sans leur nuire ou les effrayer. L'infortuné comte accompagna ces mots de quelques larmes, qu'il me fût impossible de partager; mon guide prit sa lettre, lui promit ses services, et nous nous préparions à partir, lorsque nous vîmes la rue embarrassée par une foule qui approchait du lieu où nous étions.... nous nous arrêtames; Oxtiern était encore avec nous; peu-à-peu nous démêlons deux hommes qui parlent avec chaleur, et qui nous appercevant, se dirigent aussi-tôt de notre côté; Oxtiern reconnaît ces deux personnages; oh ciel! s'écria-t-il, qu'est ceci?.... le colonel Sanders amené par le ministre de la

mine.... oui, c'est notre pasteur qui s'a-
vance, en nous conduisant le colonel....
ceci me regarde, messieurs.... Eh quoi !
cet irréconciliable ennemi vient-il donc
me chercher jusques dans les entrailles
de la terre !... mes cruelles peines ne
suffisent-elles donc pas à le satisfaire encore !... Oxtiern n'avait pas fini, que le
colonel l'aborde. Vous êtes libre, monsieur, lui dit-il, dès qu'il est près de lui,
et c'est à l'homme de l'Univers le plus
grièvement offensé par vous, que votre
grace est due.... la voilà, sénateur, je
l'apporte ; le roi m'a offert des grades,
des honneurs, j'ai tout refusé, je n'ai
voulu que votre liberté.... je l'ai obte-
nue, vous pouvez me suivre. O ! généreux mortel, s'écria Oxtiern, se peut-il...
moi libre.... et libre par vous ?.... par
vous qui, m'arrachant la vie, ne me
puniriez pas encore comme je mérite de
l'être ? J'ai bien cru que vous le sentiriez,
dit le colonel, voilà pourquoi j'ai ima-
giné qu'il n'y avait plus de risques à vous
rendre un bien dont il devient impossible que vous abusiez davantage.... vos

maux, d'ailleurs, réparent-ils les miens?
puis-je être heureux de vos douleurs?
votre détention acquitte-t-elle le sang
que vos barbaries ont fait répandre? je
serais aussi cruel que vous.... aussi injuste si je le pensais ; la prison d'un
homme dédommage-t-elle la société des
maux qu'il lui a fait?... il faut le rendre
libre cet homme, si l'on veut qu'il ré-
pare, et dans ce cas, il n'en est aucun
qui ne le fasse, il n'en est pas un seul
qui ne préfère le bien, à l'obligation de
vivre dans les fers; ce que peut inventer
sur cela le despotisme, chez quelques
nations, ou la rigueur des loix chez
d'autres, le cœur de l'honnête homme
le désavoue.... Partez, comte, partez,
je vous le répète, vous êtes libre.....
Oxtiern veut se jeter dans les bras de
son bienfaiteur. Monsieur, lui dit froidement Sanders, en résistant au mouvement.... votre reconnaissance est inutile, et je ne veux pas que vous me
sachiez tant de gré d'une chose où je
n'ai eu que moi pour objet.... Quittons
aussi-tôt ces lieux, j'ai plus d'empresse-

ment que vous, de vous en voir dehors, afin de vous expliquer tout.

Sanders nous voyant avec Oxtiern, et ayant appris qui nous étions, nous pria de remonter avec le comte et lui; nous acceptâmes; Oxtiern fut remplir avec le colonel quelques formalités nécessaires à sa délivrance; on nous rendit nos armes à tous, et nous remontâmes.

Messieurs, nous dit Sanders, dès que nous fûmes dehors, ayez la bonté de me servir de témoins dans ce qui me reste à apprendre au comte Oxtiern; vous avez vu que je ne lui avais pas tout dit dans la mine, il y avait là trop de spectateurs.... et comme nous avancions toujours, nous nous trouvâmes bientôt aux environs d'une haie qui nous dérobait à tous les yeux; alors le colonel saisissant le comte au colet, sénateur, lui dit-il.... il s'agit maintenant de me faire raison, j'espère que vous êtes assez brave pour ne pas me refuser, et que vous avez assez d'esprit pour être convaincu, que le plus puissant motif qui m'ait fait agir dans ce que je viens de faire, était l'es

poir de me couper la gorge avec vous.
Falkeneim voulut servir de médiateur
et séparer ces deux adversaires. Monsieur, lui dit séchement le colonel, vous
savez les outrages que j'ai reçus de cet
homme; les mânes de ma fille exigent du
sang, il faut qu'un de nous deux reste
sur la place; Gustave est instruit, il sait
mon projet ; en m'accordant la liberté
de ce malheureux, il ne l'a point désap-
prouvé; laissez nous donc faire, monsieur, et le colonel jetant son habit bas,
met aussi-tôt l'épée à la main.... Oxtiern
la met aussi, mais à peine est-il en garde,
que prenant son épée par le bout, en
saisissant de la main gauche la pointe
de celle du colonel, il lui présente la
poignée de son arme, et fléchissant un
genou en terre, messieurs, dit-il, en
nous regardant, je vous prends à témoins tous deux de mon action, je veux
que vous sachiez l'un et l'autre que je
n'ai pas mérité l'honneur de me battre
contre cet honnête homme, mais que je
le laisse libre de ma vie, et que je le
supplie de me l'arracher.... « Prenez

» mon épée, colonel, prenez-là, je vous
» la rends, voilà mon cœur, plongez-y
» la vôtre, je vais moi-même en diriger
» les coups; ne balancez pas, je l'exige,
» délivrez à l'instant la terre d'un monstre
» qui l'a trop long-temps souillé ». — Sanders étonné du mouvement d'Oxtiern, lui
crie de se défendre. Je ne le ferai pas, et
si vous ne vous servez du fer que je tiens,
répond fermement Oxtiern en dirigeant
sur sa poitrine nue, la pointe de l'arme
de Sanders; si vous ne vous en servez
pour me ravir le jour, je vous le déclare,
colonel, je vais m'en percer à vos yeux.
— Comte, il faut du sang... il en faut,
il en faut, vous dis je. Je le sais, dit
Oxtiern, et c'est pourquoi je vous tends
ma poitrine, pressez-vous de l'entr'ouvrir... il ne doit couler que de-là. Ce n'est
point ainsi qu'il faut que je me compor-
te, reprend Sanders en cherchant toujours à dégager sa lame, c'est par les
loix de l'honneur que je veux vous punir
de vos scélératesses. Je ne suis pas digne
de les accepter, respectable homme,
réplique Oxtiern, et puisque vous ne
voulez

voulez pas vous satisfaire, comme vous le devez, je vais donc vous en épargner le soin... il dit : et s'élançant sur l'épée du colonel qu'il n'a cessé de tenir à sa main, il fait j'aillir le sang de ses entrailles ; mais le colonel retirant aussitôt son épée... c'en est assez, comte, s'écria-t-il... votre sang coule, je suis satisfait... que le ciel achève votre correction, je ne veux pas vous servir de bourreau. Embrassons-nous donc monsieur, dit Oxtiern qui perdait beaucoup de sang. Non, dit Sanders, je peux pardonner vos crimes, mais je ne puis être votre ami ; nous nous hâtâmes de bander la blessure du comte, le généreux Sanders nous aida ; allez, dit-il alors au sénateur, ellez jouir de la liberté que je vous rends ; tâchez, s'il vous est possible, de réparer par quelques belles actions, tous les crimes où vous vous êtes livré ; ou sinon je répondrai à toute la Suède du forfait que j'aurai moi-même commis, en lui rendant un monstre dont elle s'était déjà délivré. Messieurs, continua Sanders, en regardant Falkeneim et moi, j'ai pourvu à tout, la voiture qui est dans l'auberge où nous nous dirigions, n'est destinée que pour Oxtiern, mais il peut vous y ramener l'un et l'autre, mes chevaux m'attendent d'un autre côté, je vous salue; j'exige votre parole, d'honneur, que vous rendrez compte au roi de ce que vous venez de voir. Oxtiern veut se jeter encore une fois dans les bras de son libérateur, il le conjure de lui rendre son amitié, de venir habiter sa maison et de partager sa fortune. Monsieur, dit le colonel en le repoussant, je vous l'ai dit, je ne puis accepter de vous, ni bienfaits, ni amitié, mais j'en exige de la vertu, ne me faites pas repentir de ce que j'ai fait... Vous voulez, dites vous, me consoler de mes chagrins; la plus sûre façon est de changer de conduite; chaque beau trait que j'apprendrai de vous dans ma retraite, effacera peut-être de mon âme les profondes impressions de douleurs que vos forfaits y ont gravé; si vous continuez d'être un scélérat, vous ne commettrez pas un seul crime qui ne replace aussitôt sous mes yeux l'image de celle que

vous avez fait mourir de ma main, et
vous me plongerez au désespoir ; adieu,
quittons-nous, Oxtiern, et surtout ne
nous voyons jamais... A ces mots le
colonel s'éloigne... Oxtiern en larmes
veut le suivre, il se traîne vers lui...
nous l'arrêtons, nous l'emportons presqu'évanoui dans la voiture qui nous
rend bientôt à Stockholm ; le malheureux fut un mois entre la vie et
la mort; au bout de ce tems, il nous
pria de l'accompagner chez le roi, qui
nous fit rendre compte de tout ce qui
s'était passé. Oxtiern, dit Gustave au
sénateur, vous voyez comme le crime
humilie l'homme, et comme il le ra-
baisse, votre rang... votre fortune....
votre naissance, tout vous plaçait au-
dessus de Sanders, et ses vertus l'élè-
vent où vous n'atteindrez jamais. Jouis-
sez des faveurs qu'il vous a fait rendre,
Oxtiern, j'y ai consenti... Certain après
une telle leçon, ou que vous vous puni-
rez vous-même avant que je ne sache
vos nouveaux crimes, ou que vous ne
vous rendrez plus assez vil pour en

commettre encore ; le comte se jette aux
pieds de son souverain, et lui fait le serment d'une conduite irréprochable.

Il a tenu parole : mille actions plus
généreuses et plus belles les unes que
les autres ont réparé ses erreurs, aux
yeux de toute la Suède ; et son exemple
a prouvé à cette sage nation, que ce n'est
pas toujours par les voies tyranniques, et
par d'affreuses vengeances que l'on peut
ramener et contenir les hommes.

Sanders était retourné à Nordkoping,
il y acheva sa carrière dans la solitude,
donnant chaque jour des larmes à la
malheureuse fille qu'il avait adorée, et
ne se consolant de sa perte, que par les
éloges qu'il entendait journellement faire
de celui dont il avait brisé les chaînes.

O vertu ! s'écriai-t-il quelquefois, peut-
être que l'accomplissement, de toutes ces
choses était nécessaire pour ramener
Oxtiern à ton temple ; si cela est, je me
console, les crimes de cet homme n'auront affligé que moi, ses bienfaits seront
pour les autres.

Fin du tome troisième.

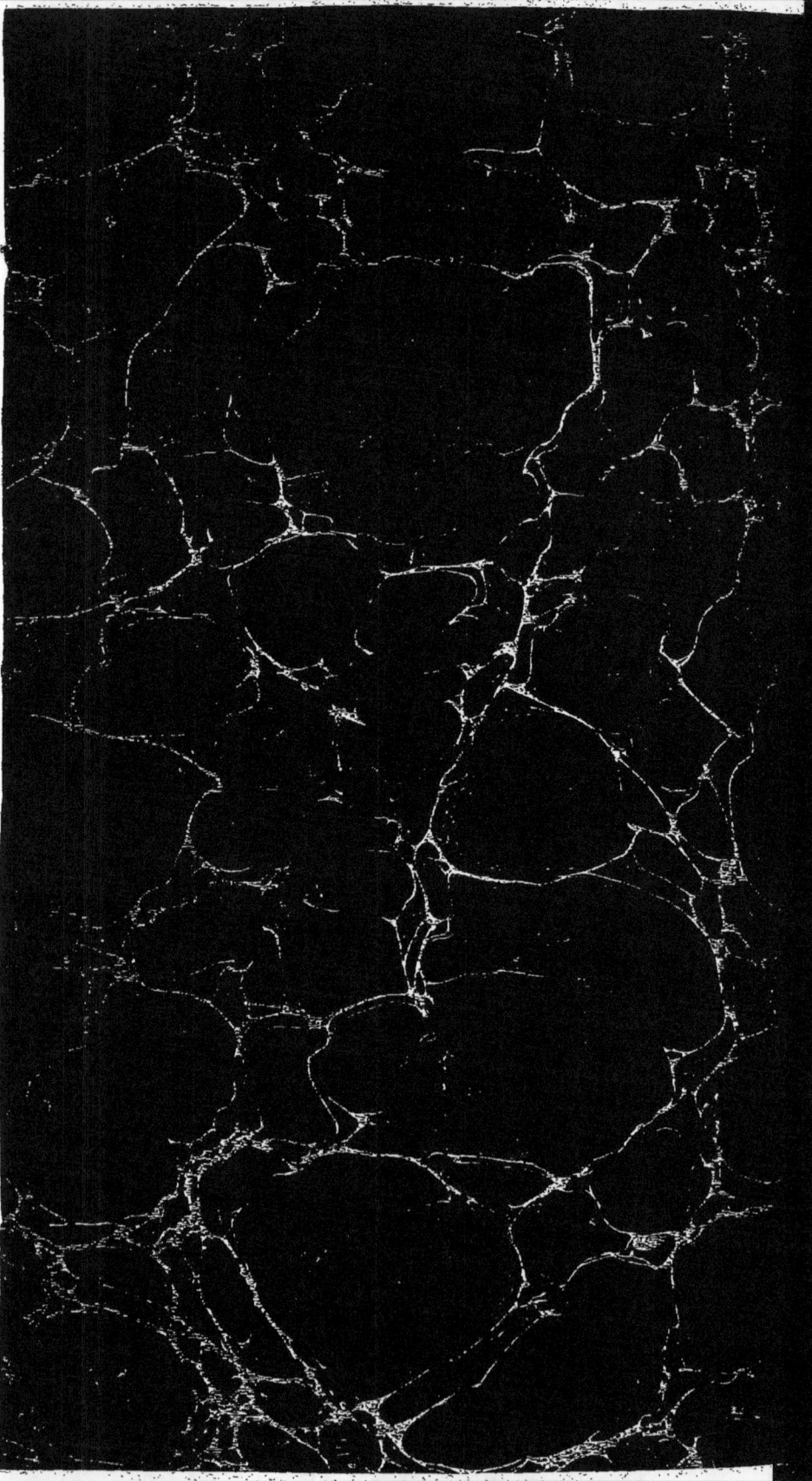

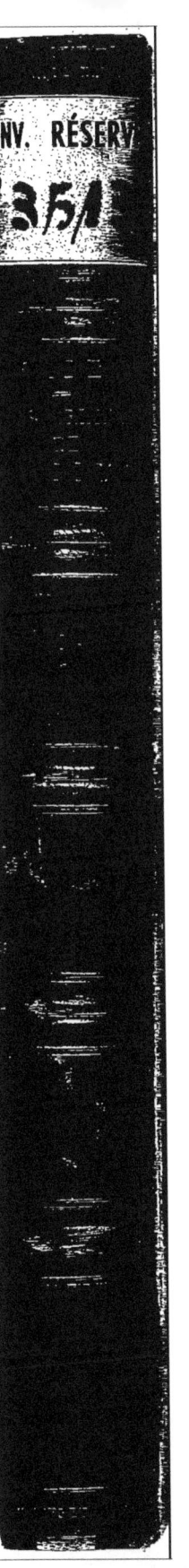